ぼくが消えないうちに

A.F. ハロルド／作
エミリー・グラヴェット／絵
こだまともこ／訳

ポプラ文庫

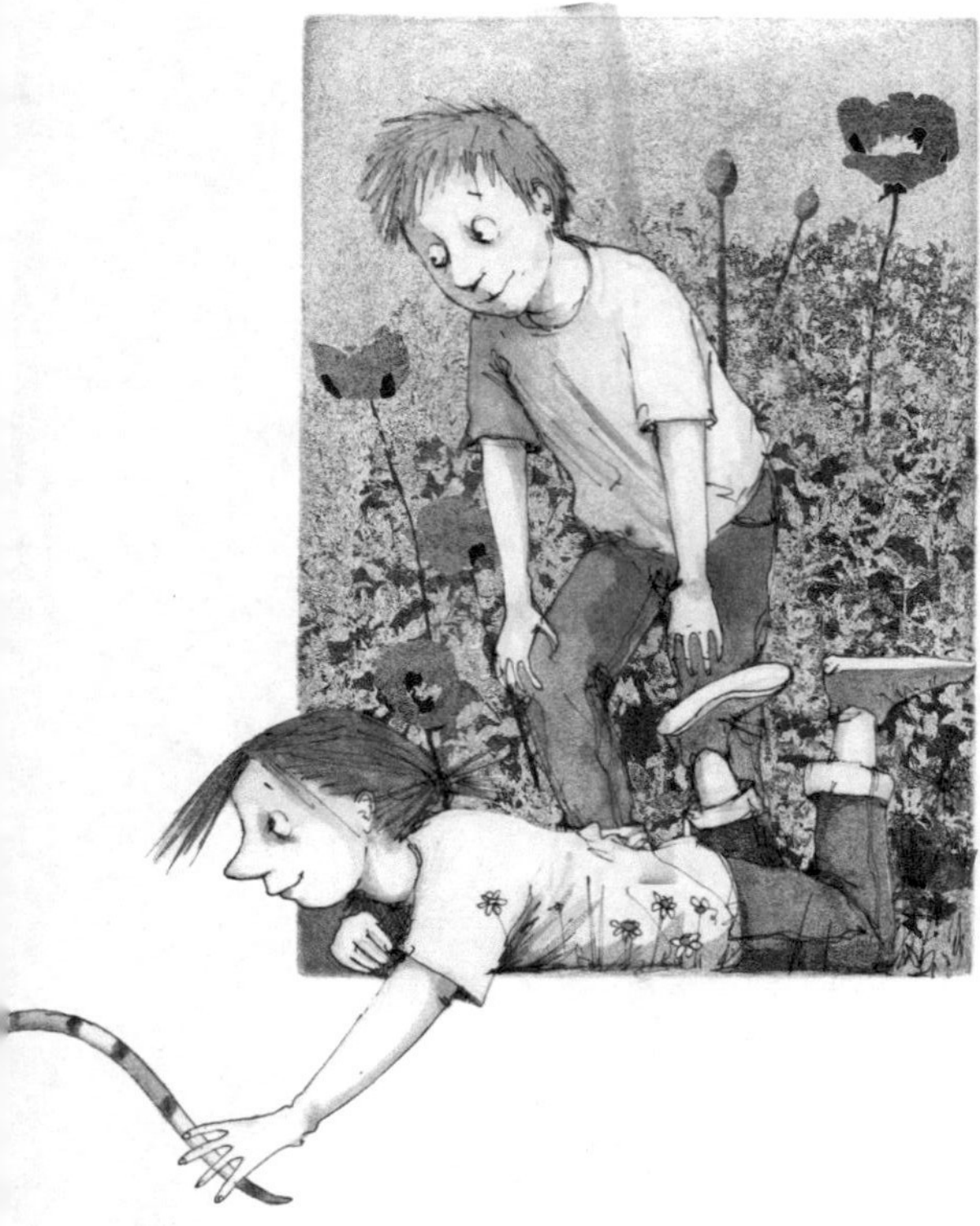

ぼくが消えないうちに

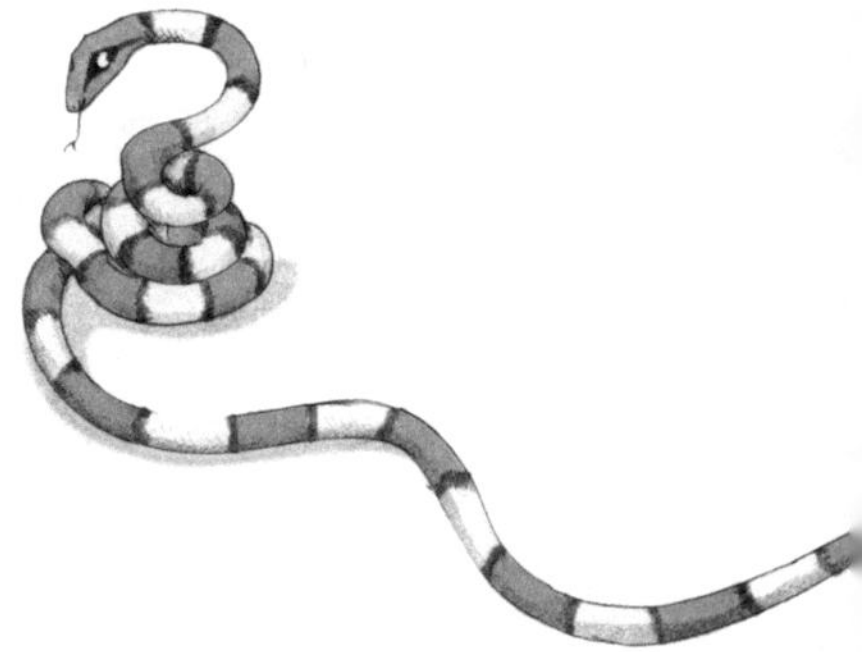

本書は、2016年にポプラ社から刊行された
『ぼくが消えないうちに』を文庫化したものです。

兄のマークへ

――おぼえていてくれて、ありがとう

Ａ・Ｆ・ハロルド

わたしの「ほんものの友だち」、そして「見えない友だち」へ

――わたしを信じてくれてありがとう

エミリー・グラヴェット

思い出

クリスティーナ・ロセッティ

わたしをおぼえていて、わたしが旅立ち
はるか沈黙《ちんもく》の国に、行ってしまったとき
そのときはもう、あなたはわたしの手をとることができず
行きかけたわたしが、ふりむいて戻《もど》ることもない
わたしをおぼえていて、あなたが描《えが》いたふたりの未来を
日ごと語ってくれることができなくなった、そのとき
ただ、おぼえていてくれればいいの、だって、そのときは
言葉《ことば》をつくしても、祈《いの》っても、遅《おそ》いのだから
けれど、ひととき、わたしのことを忘《わす》れて
あとで思い出しても、どうぞ嘆《なげ》かないでね
闇《やみ》に朽《く》ちはてる面影《おもかげ》が、
わたしの思いの名残《なごり》のように、この世にとどまっていても
あなたが思い出して、悲しむより
忘れて微笑《ほほえ》んでくれるほうが、ずっと良いのだから

アマンダが死んでしまった。

その言葉がラジャーの胸《むね》に、ぽっかりと穴《あな》をあけた。

ぐんぐんと落ちていく井戸《いど》のように。

そんなのって、あり？

アマンダが、死んだって？

でも、自分の目で見てしまった。もう息をしていなかった。死んでいた。

胸がむかむかする。迷子《まいご》になったような気持ちだ。自分のまわりの世界が、すっかりぬけおちてしまったような。

ラジャーは、公園にひざをついて、まわりの草や木を見まわした。小鳥が、さえずっている。リスが一匹《ぴき》、小道をはねてきて、芝生《しばふ》に入っていく。ラジャーのほうを見ようともせずに。

どうして、こんなに緑でいっぱいなんだろう？　どうして、こんなに生き生きしているんだろう？　アマンダが死んだというのに。

こんなおそろしい質問《しつもん》には、おそろしい答えしか返ってこない。たったひとりの女の子が死んだって、この世界はちっとも変わらないんだよ。アマンダの死はラジャーを引きさき、アマンダのママをめちゃくちゃにしてしまうかもしれない。けれど、この公園も、この町も、この世界も、変わりはしない。

ラジャーは変わるのが好きだ。アマンダが子ども部屋に入ってくると、なにもかも、命を得《え》て、アマンダの想像力《そうぞうりょく》で色が塗《ぬ》られ、細かいところまで完璧《かんぺき》になる。電気スタンドは遠い異国《いこく》の木に、タンスは海賊《かいぞく》の宝《たから》でいっぱいのチェストに、眠《ねむ》っているネコは、チクチクと時を刻《きざ》む時限爆弾《じげんばくだん》に変わる。アマンダの頭のなかはきらきらと輝《かがや》き、いつも、まわりの世界を輝かせ、ラジャーもいっしょにきらきらした。

でも、いまは……。

ラジャーは、公園をぐるりと見まわした。アマンダだったら、公園をすっかり新しい世界に変えたことだろう。でも、いくらラジャーが見つめたって、公園はどこまでも公園のままだ。ラジャーには、公園を変えるだけの想像力はない。

だいたい、ぼくは自分がどんな子なのか想像する力だって持ってないんだと、ラジャーは思った。

手のひらをすかすと、木々の輪郭《りんかく》がかすかに見える。ラジャーは薄《うす》くなって、消えかけている。ラジャーのことを考えたり、思い出してくれたり、本当にそこにいるように想像してくれたりするアマンダがいなければ、この世界からするするとすべりおちてしまう。

ラジャーは、忘《わす》れさられようとしている。

眠い。どんどん眠くなる。

消えてしまうのって、どんな感じがするのだろう？　すっかり影《かげ》も形もなくなってしまうのって？

すぐにわかるさ。ラジャーはそう思った。うん、もうすぐわかる。

小鳥たちが、ラジャーに子守り歌《こもりうた》をうたってくれている。

太陽が、ひんやりとした光を投げてくれる。いつのまにか、ラジャーは眠っていた。

そのとき、静かだけれど、はっきりした声が聞こえた。

「わたしには、おまえが見える」

ラジャーは、目をあけた。

1

その日の夕方、アマンダ・シャッフルアップは、子ども部屋の洋服ダンスをあけて、コートを男の子の上にかけた。

それから、洋服ダンスをしめて、ベッドに腰《こし》かけた。

スニーカーをぬがずに階段《かいだん》をかけあがってきたから、足がぬれている。足だけじゃない。ソックスもスニーカーも。そう、スニーカーは、靴《くつ》ひもまでびしょぬれだ。

靴ひもの結び目がぬれて、冷たく、固くなっていたから、どうしてもほどけない。爪《つめ》を立ててみたけれど、爪が痛《いた》くなっただけだ。靴ひもがほどける前に、爪のほうがぬけてしまいそうだ。

靴ひもがほどけなかったら、ずっとこのスニーカーをはいたままってこと？　そしたら、死ぬまで足がぬれたままだ。それどころか、死ぬまでおなじ靴をはいてなくちゃいけないかも……。

アマンダは、古くてきたないスニーカーが大好きというタイプの女の子だ。自分でもよろこんでそういうだろう（はき心地《ごこち》がいいし、よごれるんじゃないかって心配しなくてもいいからね）。そんなアマンダだったけれど、このときばかりはついつい思ってしまった。あたしだって、ちょっとちがう靴をはいてみたいと思う日が来るんじゃないかな。

それに、こうも考えた。もしもあたしの足が、大きくなりたいなあと思ったらどうするの？　前に学校で、ショート先生がボンサイとかいうものを見せてくれたことがあった。タンポポくらいしかない、ちっちゃなオークの木だ。小さな植木鉢《うえきばち》で育てるから、大きくならないのよって、ショート先生はいってたっけ。

このスニーカーがぬげなかったら、あたしは死ぬまで小さな女の子のままかも。根っこが鉢につっかえてのびることができない、ちっちゃなボンサイの木みたいに。今はいいかもしれないけれど、十年たっても今とおんなじ大きさなんて、あんまりいいことじゃないな。はっきりいっちゃえば、つまんないよ……。

こうなったら、どうしてもスニーカーをぬがなくちゃ。

アマンダはしめった結び目を、せかせかと引っぱった。でも、びくともしない。だから、じきに引っぱるのはやめた。ちらっと足をにらんだ。考えた。うーんとため息をついた。舌打《したう》ちをした。また、ため息をついた。

それから、ネコみたいにさっと鏡台にかけより、引き出しをあけ、ごそごそとかきまわした。中身が床《ゆか》にバラバラ落ちたけれど、とうとう探《さが》していたものを高くかかげた。

「あったよ！」アマンダは、大きな声でいった。木にしばりつけられたドラゴンを助けるために、リュックサックからいいもの（剣《けん》とか、『ドラゴン救助法』という本とか）をとりだしたお姫《ひめ》さまみたいな気分だ。

またベッドの縁《ふち》に腰《こし》かけると、ひざに片足《かたあし》をのせ、靴《くつ》ひもの結び目を上に引っぱる。ぴんと張った靴ひもとべろのあいだにはさみをいれて、チョッキン。なんとも小気味のいい音とともに、あっさりと切りはなした。

靴ひもの端《はし》をぐいぐい引っぱって、すっかりゆるめてから、スニーカーをぬぎ、ソックスといっしょに部屋のすみに放りなげる。

やっとしめった足の指を、もぞもぞと動かすことができた。

もう片方《かたほう》もおなじようにして、おなじところにスニーカーを投げる。

それから、ごそごそおしりをずらして、ベッドにすっかりのっかった。

青白くなって、じっとりぬれた足に、あたたかい息を吹《ふ》きかけて、かけぶとんでぺたぺたとふく。

アマンダ・シャッフルアップって、まさに天才だよね。ぜったい、そうだよ。こんなにかんたんな解決法《かいけつほう》を、こんなにすばやく見つけられる子なんて、あたしのほかにいるかな。ヴィンセントかジュリアが（アマンダの学校の友だちだ）ぬれた靴でうちに来たとしたら、きっとまだぬれた靴をはいたままでいるだろうな。足が、ほんとに冷たくなっちゃって。すっごく冷えちゃったせいで、たぶん肺炎《はいえん》になっちゃうかも。

けれども、そういうことはぜったい起きるはずがない。なぜならヴィンセントとジュリアは、雨の降《ふ》っている土曜日の昼下がりに外に出て、見たところいちばん大きな水たまりをビシャビシャ歩くような子ではなかったから。アマンダのぬれた足は、そういうことをやってのけた証拠《しょうこ》だった。

「アマンダ！」階段《かいだん》の下から呼《よ》ぶ声がする。

「なあに？」アマンダは、大声で返事した。

「また、カーペットの上を泥《どろ》んこ靴《ぐつ》で歩いたでしょ？」

「歩いてないよ」

「じゃあ、どうしてカーペットに泥がついてるの？」

「それはね、ママ。あたしのせいじゃないの」アマンダは大声でいってから、ベッドからすべりおりて、床《ゆか》に立った。階段《かいだん》を上ってくる足音がする。

アマンダは、びしょびしょのスニーカーを拾いあげた。ほんと、ちょっぴり泥《どろ》がついてるみたい。ついてるような気もする。じっと目をこらして調べれば……だけど。

スニーカーを指の先でつまんでぶらさげたまま、アマンダはちょっとだけ、その場に立っていた。ママが入ってきて、こんなふうにしているところを見つけ、スニーカーのかかとに泥がついているのを見たら「やっぱりね」と思うだろう。どこかに片《かた》づけなきゃ。それも、おおいそぎで。

窓《まど》をあけて放りなげるのは、時間がかかりすぎる。ベッドの下に放りこんでもいいけれど、あいにくアマンダのベッドには「下」がない。大きな引き出しがついていて、なかにはがらくただけど大事なものがぎっしりつまっているのだ。

かくし場所は、たったひとつしかない。

アマンダは、洋服ダンスの戸をあけて、スニーカーを放りこんだ。

スニーカーは、まだアマンダのコートを持っている男の子に命中した。「いてっ！」

男の子のおなかに当たったスニーカーは、洋服ダンスの外のカーペットに落ちた。

落としちゃダメじゃない。アマンダがそういおうとしたとき、子ども部屋のドア

がさっとあいた。

「アマンダ・プリムローズ・シャッフルアップ！」

母親たちが得意とする、おきまりのいい方だ（これって、ほんとに、いらいらするったらないよね。子どもの名前を最初から最後までいえたら、ちゃんとしかった気分になれるとでも思っているのかな。でも考えてみれば、最初に名前をつけたのは親なんだから、いばれることでもなんでもないのに）。「二階に上がる前に玄関《げんかん》で靴《くつ》をぬぎなさいって、いつもいってるでしょ？」

いっしゅん、アマンダはなにもいわなかった。いいわけを考えようとしたけれど、その前に頭がごちゃごちゃになってしまったのだ。

子ども部屋には、ドアがふたつある。ひとつは廊下《ろうか》に出るドアで、そっちはママがふさいでいる。もうひとつは洋服ダンスのドアで、今まで会ったこともない男の子が入っている。その子は、アマンダとおない年ぐらい。まだポタポタ水の垂《た》れているコートを持って、ちょっとびくびくしながら、にっこり笑っている。

なんだか、ちょっぴりおかしいよね、とアマンダは思った。だけど、ママが知らない男の子をつれてきたわけじゃないから、だまっていようっと。

「いいわけがあるなら、いってごらんなさい」

「結び目のせいなんだもん」アマンダは、自分と男の子の足のあいだに横向きに転がっているスニーカーを指さした（男の子のスニーカーは、アマンダのとそっくりだけど、ずっときれいだ。水たまりに飛びこんだことなんか、一度もないみたい。やんなっちゃうなと、アマンダは思った。洋服ダンスのなかに男の子がひょっこりあらわれたと思ったら、ヴィンセントやジュリアみたいな子だなんて――この子ったら、スニーカーがよごれるの心配してるんだ。ふん、バッカみたい！）。

「結び目？」ママは、その言葉を口のなかで転がしている。ちゃんとしたいいわけかどうか、きめかねているようだ。「結び目ねえ。結び目って？」

「うん、結び目。だから、そのまま二階に上がってくるほかなかったの」と、アマンダはつづけた。「ハサミをとりにね。でなきゃ、永久におんなじスニーカーをはいたままになっちゃうでしょ。そしたら、足が大きくならないの。なぜかっていうと……」

「あれは、なあに？」ママはこわい声でいって、アマンダの言葉をさえぎった。せっかくボンサイについて、わかりやすく教えてあげようとしたのに。

アマンダは口をつぐんで、ママの指先からまっすぐに洋服ダンスまでのびている、目に見えない線をたどった。

もしアマンダがママだったら、最初に洋服ダンスを指さしたはずだ。そう、ぬれた靴とか、なんとか小言をいうまえに、男の子のことをいったにちがいない。それだけでなく、こう思うはずだ（ママになったつもりで、考えると）。

この子ったら、わたしに断《ことわ》りなく、こっそり友だちを家に入れたりしたわけ？　そんなの、我《わ》が家《や》のルール違反《いはん》でしょうが。それとも、この男の子、泥棒《どろぼう》に入ったのかしら。だったら、こわいじゃない？　それに、この子が今日みたいに土曜日の午後にしのびこんだのだとしたら、べつの日に侵入《しんにゅう》できる泥棒だっているはずじゃないの？　ふとふりかえったら、うちじゅう泥棒だらけだったなんて。そしたら、わたしとアマンダはどうなるの？　そう、わたしたちもうちごとそっくり盗《ぬす》まれちゃったりして……。

「あれはなにって、きいてるのよ」ママは、洋服ダンスにいる男の子をまだ指さしている。

アマンダは顔をしかめて首をかしげ、男の子をじっと見つめながら、じっくりと考えた。

「ねえ、ママ。『なに』っていうのは、ちょっとちがうんじゃないかな」アマンダは、慎重《しんちょう》に答えた。「『だれ』っていったほうが良くない?」

ママは、すたすたと子ども部屋に入ってくると、水の垂《た》れているコートを男の子の手から取りあげ、くるっとふりかえって高くかかげてみせた。

「これは、いったいなんなの?」洋服ダンスに背《せ》を向けたまままきく。

「ああ、それね。あたしのコートよ」

「で、洋服ダンスのなかで、このコートはどうなってるんですか？」

「かけてある……とか？」アマンダは、おそるおそる答えた。

「あのね、アマンダ」ママは、ちょっぴりおだやかな声になった。「びしょぬれじゃないの。ほら、水が垂《た》れてるでしょ。下に持ってって、ヒーターのところにかけておきなさい。前にもいったはずよ。洋服ダンスにすぐにつっこんじゃだめって。中がしめっちゃうじゃないの。あんたって子は、いったい、いつになったら勉強するのかしら」

「月曜日に、学校に行ったら勉強する」

ママは首を横にふって、ため息をつき、かかげていたコートをおろした。

「これも、いっしょに下に持っていくからね」ママはかがんで、スニーカーを拾いあげる。

知らない男の子は、背《せ》をかがめたママの向こうから、にっこりと笑ってみせた。

「学校のジョーク、おもしろかったよ」男の子はいう。

「これ、どうしちゃったの？」ママは、息をのんだ。立ちあがって、スニーカーをふりまわしている。「靴《くつ》ひもを切っちゃったのね！」

「だから、さっき結び目のこと、いったでしょ？」アマンダは、ママにいってきかせた。

「だけど、靴ひもを切っちゃったの？」

「まあね……」

「ときどき、あんたのこと信じられなくなる。ほんっと、信じられない」

ママは、ドアのほうに歩いていく。

「ちょっと、ママ……」アマンダは、そっと声をかけた。

「なによ？」

「カーペットの上に、水が垂れてるよ」

たしかに、コートからきたないしずくが落ちている。アマンダがこういうことをしたら、ふつうはママが小言をいうにきまっている。でもママは、ふきげんそうに、わざとらしく咳《せき》ばらいしただけで階段《かいだん》を下りていった。

まったくもう、とアマンダは思ってしまった。大人ってほんと、わけわかんないよ。

アマンダは、洋服ダンスの男の子の顔を見た。男の子も、アマンダを見ている。

「じゃあ、あたしのジョーク、気にいったってわけ？」

「けっこうおもしろかったよ」

「けっこうおもしろかった?」アマンダは、きつい声でいいかえした。「あたしが今日いったなかでも、最高だったと思うけどな」

「うーん。だけど……」

「だけど、なによ?」アマンダは、意地悪く目を細めて、男の子をにらみつける。

男の子は、アマンダの顔を見た。それから、頭をかく。

アマンダは、いっそう目を細めて身を乗りだすと、男の子に顔を近づけた（あんまり目を細めたので、身を乗りださないと男の子の顔がよく見えなかったのだ）。

男の子も、アマンダのまねをして目を細め、顔を近づける。

　こうしてふたりは鼻と鼻とをつきあわせて、にらみあった。とつぜんアマンダが横に飛びのく。身を乗りだしていた男の子はつんのめって、床《ゆか》に転んでしまった。

「やあい、やったあ!」アマンダは、笑い転げながらいった。おなかをかかえて、男の子を指さしている。「ほんと、あんたって最高だよ。転んじゃうんだもん!ああ、おかしい!　ね、ブドウのガム食べる?」

　アマンダ・シャッフルアップは、こんなふうにしてラジャーと出会ったのだ。いや、ラジャーがアマンダ・シャッフルアップに出会ったといってもいい。それは、あなたがこの話をどっちの子の物語と考えるかによってちがってくる。

洋服ダンスのなかでラジャーが目を覚ましたのは、アマンダが玄関《げんかん》のドアをバタンとしめたときのことだった。

ラジャーは、アマンダがドタドタと階段《かいだん》をかけあがってくる音に耳をすまし、暗《くら》闇《やみ》のなかでじっと立ったまま待っていた。

それまで自分がどこにいたのか、ラジャーはおぼえていない。もしもどこかにいたのだとしたら、目が覚めたときにその記憶《きおく》がすっぽりぬけ落ちてしまったにちがいない。

けれどもアマンダを目の前にすると、心の底から「これでいいんだ」という思いがわいてきた。ラジャー自身が、アマンダのためにつくられたとでもいうように。

ラジャーが知るかぎり、アマンダは最初の友だちだ。そしてまた、たったひとりの友だちで、だからいちばん大事な友だちだった。

出会ってから一週間たったとき、アマンダはラジャーを学校につれていった。ヴィンセントとジュリアに見せびらかそうと思ったのだ。ふたりとも、とてもおぎょうぎよくふるまった。なぜならアマンダが、ちょっとばかり変わり者だということを心得ていたからね。アマンダが、「この子ね、ラジャーっていうんだよ」といって指さしたとき、ふたりはアマンダの横の空間をじっと見て、握手《あくしゅ》しようと手を差しだした。もっとも、そこはただの空間だったから、にぎりかえしてくる手などあるはずがない。でも、アマンダが「ちがう、そこじゃないの。こっちだよ、バカじゃないの」といって、ラジャーのいるところを示《しめ》すと、ふたりとも笑い声をあげて「ごめんね」といい、もう一度握手《あくしゅ》しようとした。そして、ジュリアはラジャーのおなかにパンチを食らわせ、ちょっと背《せ》の高いヴィンセントは、もう少しで目をえぐりだすところだった。

ラジャーは、アマンダにしか見えない。ほかのだれにも見えない。ふたりには、それがはっきりとわかった。ラジャーは、アマンダだけの友だちで、ほかのどの子とも友だちではない。ラジャーもまた、それで満足だった。

ラジャーが学校に行ったのは、後にも先にもこのときだけだった。

2

アマンダとラジャーは、夏休みの前半を、ほとんど庭で過《す》ごした。ふたりは、庭の奥《おく》に茂《しげ》った、サンザシの木の下に穴《あな》を掘《ほ》った。アマンダの目を通すと、穴はいろいろなものに形を変えた。

ある日、穴は宇宙船《うちゅうせん》に変わって、はるかかなたの見知らぬ惑星《わくせい》に着陸した。ふたりは、宇宙服がサンザシの棘《とげ》で破《やぶ》けないように細心の注意をはらいながら這《は》いだすと、初めて見る新しい星の上を、重力が足りないのでぴょーん、ぴょーんとはねながら、ゆっくりと歩きまわった。へんてこな並《なら》び方《かた》をしている岩や、空に浮《う》かぶいくつもの月に目を見張り、はるか遠い星に生息している、ネコくらいの大きさの奇《き》妙《みょう》な生き物を追いまわした。

またある日、穴は巨大《きょだい》な熱気球のゴンドラに変わり、一枚岩《いちまいいわ》の台地にふたりを下ろした。何キロも下の方に、南アメリカの蒸《む》し暑《あつ》いジャングルが広がっている。ふたりは、崖《がけ》の縁《ふち》から下をのぞいてみろと、おたがいをせっついた（というより、ア

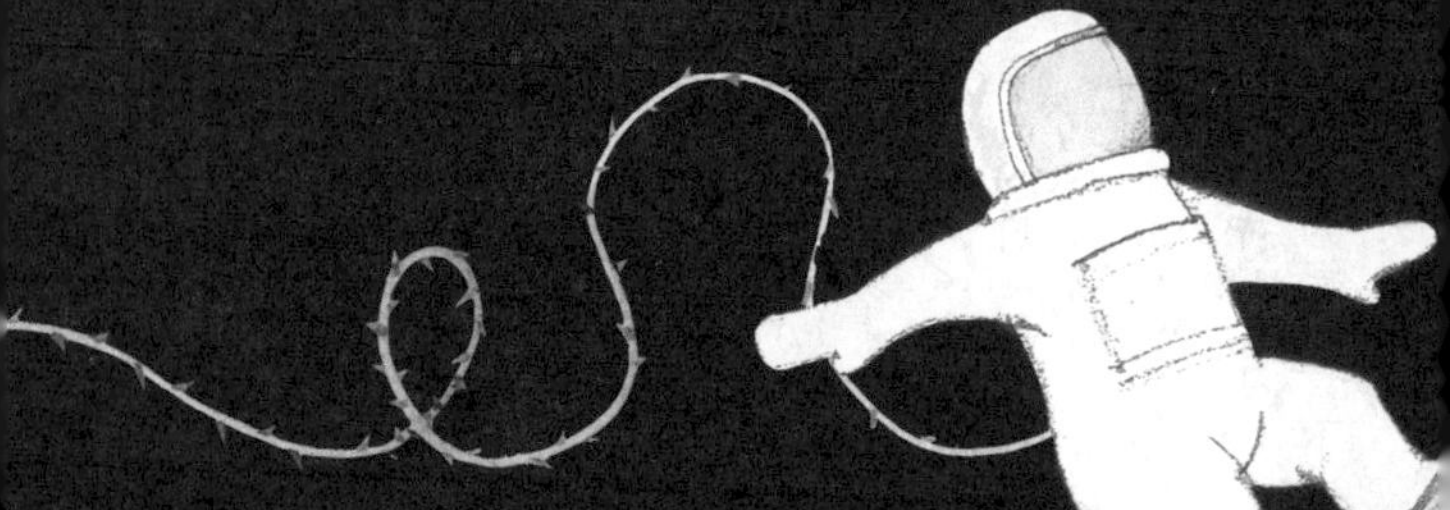

マンダがラジャーにしっこくすすめたのだ。ラジャーがいやだというと、自分がのぞいてみて、ほーら、こんなのかんたんじゃないといった）。それから、何百万年も前からその台地に住んでいる、ネコくらいの大きさの奇妙《きみょう》な生き物を追いまわした。時には、その穴《あな》はイヌイットの住むイグルーになり、庭一面に氷が張ってきらきら輝《かがや》いた。そうでなければ、遊牧民の住む、分厚《ぶあつ》い、黒っぽいテントに変わり、庭は、砂煙《すなけむり》のたつ、ぱりぱりと乾《かわ》いた砂漠《さばく》になって、ぼうっともやで霞《かす》んだ。あるいは未来世界の戦車になって、地雷《じらい》でところどころ穴のあいた原野の道なき道を、泥《どろ》をはねかえしながらあてもなく進んでいくこともあった。

穴が宇宙船《うちゅうせん》に変身するときも、ジャングルに変わるときも、ママの飼《か》ってる雌《めす》ネコのオーブンは、中庭から注意ぶかくふたりを見守っていた。アマンダに見つかったら大

変と身構えていたのだ。アマンダの、想像力豊《ゆた》かな目から見ると、オーブンはいつも異星人《いせいじん》や、トラや、恐竜《きょうりゅう》に変わり、けっきょく追いかけまわされることになっていた。

はじめのうちはラジャーも、ネコがかわいそうだなと思っていた。けれど、オーブンはいつもアマンダが飛びかかったしゅんかんにするりとにげ、ネコ用ドアをパタッと鳴らして家のなかに入っていった。

ときどきラジャーは、オーブンには自分のことが見えてるかもしれないと思った。肩《かた》をなめているとちゅうで、ピンクの舌《した》をつきだしたまま、ラジャーと不安げに目を合わせることがあるからだ。けれども、すぐに目をぱちぱちさせると、あくびをしてくるりと背《せ》を向け、前足をひょいとあげると、ひらいた指のあいだをなめはじめる。なんにも見ませんでしたよというように。だから、見えているのかどうかなんて、わかりっこないよね？

ラジャーは考えたすえに、こう思った。それじゃ、オーブンに直接《ちょくせつ》きけばいいじゃないか。けれども、しょせんオーブンはネコだし、ネコはしゃべらないから、わからないまま過《す》ごすよりほかなかった。

ある日のこと、ふたりは、複雑《ふくざつ》に入り組んだ洞窟《どうくつ》を探検《たんけん》していた。階段《かいだん》下の洞窟は暗くて深く、何キロも先まで想像もつかないほどのびている。湿気《しっけ》と、コウモリと、ぽたぽた垂《た》れる水のにおいが、あたりに漂《ただよ》っていた。ちょっとラジャー、どうして懐中電灯《かいちゅうでんとう》を持ってこなかったのよと、アマンダが文句《もんく》をいおうとしたとき、玄関《げんかん》のチャイムが鳴った。

チャイムの音が、洞窟にこだまして、空気をふるわせる。ママが文句をいいながら、玄関に行くのが聞こえた。ママは書斎《しょさい》で仕事をしていて、じゃまされるのがいやなのだ。

「はい?」ママは無愛想《ぶあいそう》な声でいって、ドアをあけた。

「やあ、どうも、こんにちは」低くて、野太い声。アマンダの知らない男の声だ。

「調査《ちょうさ》で、ご近所をまわっている者です。いくつか質問《しつもん》してもよろしいでしょうか?」

「なんについてでしょう?」

「調査なんです」それだけで説明はじゅうぶんだというように、男は長いことだまったままでいる。それから、こうつづけた。「今日《こんにち》の英国《えいこく》についてですよ。それから、子どもたちについて」

「そうねえ」ママは、いっている。「なにか証明《しょうめい》するものは、お持ちですか？」

「証明するもの？」

「ええ、あなたがどなたかという」

「わたしが、だれかって？　奥《おく》さん、バンティングですよ。あの小鳥とおんなじ名前で」

「小鳥って？」

「はい、コーン・バンティングっているじゃないですか。ハタホオジロともいいますがね。ほかにもホオジロの仲間は……」

「はい、はい。だから、証明するものをお持ちですか？」

「小鳥と関係があるってことの証明ですかね？　いやいや、そんなものは。わたし、鳥類学はどうも――」

「そうじゃなくって」ママが、男の言葉をさえぎった。「身分証明書ですよ。あなたが、たしかにその人だって、証明するものは？」

　バンティング氏は、（ほんのちょっぴり）むっとしたように小さく咳《せき》ばらいしてからいった。「はい、もちろんですとも。名札がありますよ。ほら」

　アマンダはすでに玄関《げんかん》へ這《は》いだしてきていた。ラジャーは洞窟《どうくつ》の入り口に残してきた。冒険《ぼうけん》、というより冒険の足がかりを失いたくなかったのだ（だれかに話しかけられたときに、読みかけのページに親指をはさんでおくのとおなじだね）。アマンダは、足音を立てずにママにしのびよると、いきなり背中《せなか》に抱《だ》きついた。どこの母親も、こんなふうにされるのが好きなものだ。アマンダのほうも、そうやっていれば、玄関のようすを探《さぐ》ることができた。

　背中にかくれたままのぞいてみると、ドアの外に立っていたのはふたり。ひとりは大人の男で、名札みたいなものをママに見せている。もうひとりは、アマンダとおない年くらいの少女だ。

　男は、バミューダパンツに、派手《はで》なプリントのアロハシャツを着ていた。目がくらくらするような色が、熱帯の風にたわむヤシの幹《みき》のように、男の幅広《はばひろ》で丸い胴体《どうたい》をぐるりとつつんでいる。

　クリップボードをつかみ、片方《かたほう》の耳にボールペンをはさんだ男の頭は、つるつるにはげていた。目は、濃《こ》い色のサングラスでかくれ、口元も赤い口ひげでおおわれている。男がしゃべるたびに、口ひげがふかふか動く。

　いっぽう少女のほうは、派手な男とは逆《ぎゃく》に、白いブラウスに、くすんだ、濃い色

バンティング

のジャンパースカートという地味なかっこうをしている。学校の制服《せいふく》だなと、アマンダは思った。黒くて、まっすぐな髪《かみ》を垂《た》らし、その陰気《いんき》くさいカーテンみたいな髪の後ろから、目をかすかに光らせている。男がペラペラ、チャラチャラしゃべりまくっているあいだ、少女はじっと立っていた。ひとことも、しゃべらずに。

きっとあの人はお父さんで、お父さんの仕事について歩かなきゃいけないんだな、とアマンダは思った。夏休みのあいだ、そんなふうに親の仕事につきあわなければいけない友だちもいる。少女は、どう見ても楽しそうではなかった。

と、少女がくるりと向きを変えて、アマンダをまっすぐに見た。あんまりとつぜんだったので、アマンダは飛びあがるほどぎょっとした（本人にいっても、ぜったいみとめないだろうけれど）。それでもアマンダは、せいいっぱいほほえんでみせた。「こんにちは」の代わりに笑顔を見せるのはいいことだと信じていたし、その子はなんだかひどくかわいそうに見えたから。やさしくしてあげるには、笑顔を見せるしかない。青白い顔をした少女は薄《うす》いくちびるをゆがめて、アマンダにほんのすこし笑ってみせた。それから、手をのばして男の袖《そで》を引っぱった。

するとと男は、ふいにしゃべるのをやめた。

「玄関先《げんかんさき》でアンケートに答えるのは、気が進まないんですよ」と、ママはいっている。「よかったら、アンケート用紙を置いていってくださいます？　あとで郵送《ゆうそう》すればいいでしょう？　あのう……いま、とってもいそがしいんですよ」

　ママは、いそがしいというところを強調するように、両手をあげてキーボードを打つまねをした。

「ああ、心配なさいますな、奥《おく》さん」男は、さっきとはうってかわって、なんだかうれしそうにクックックッと笑った。「そんなことをしていただく必要はないんですよ。こんな、すばらしいお天気の午後におじゃましまして、もうしわけありませんでした。もう失礼します。さあ、行くとしようか？」

　男はポケットからハンカチをとりだし、ひたいをぬぐってから、くるりと背《せ》を向けて門のほうへせかせかともどっていく。

　ドアをしめてからママは、「なんだかおかしな話ね」といった。

「ママ、あの人たち、なにしに来たの？」

「この家には子どもが何人いるかとか、きいてきたの。すごく変なことをきくなと思ったわけ。だから、早く帰ってもらったのよ」

「それに、あの子もかわいそうだよね。ずっとお父さんについて歩かなきゃいけないなんて」ラジャーのところにもどりながら、アマンダはママにいった。

「あの子って？」

「女の子のことよ」

「どの女の子？」

アマンダは、首をかしげてママの顔を見た。

「あっ、なんでもない」アマンダは、はやく仕事にもどればと手まねでいった。ママは大事な仕事をしている最中なので、じゃまをしたくない。「いまね、ラジャーと話してたんだ」

「ラジャーと？」ママは、やさしい声でいった。「あの子、元気？　ふたりとも、今日はいそがしいの？」

「うん。洞窟《どうくつ》を探検《たんけん》してる最中だから」

アマンダは洞窟にもどった。闇《やみ》のなかを手探《てさぐ》りで進んでいき、掃除機《そうじき》の形をした古代の岩をまわってから、ぼんやりと光を放つ、水のしたたる鍾乳石《しょうにゅうせき》のあいだをぬける。それから、ラジャーに玄関《げんかん》で見たことを話した。

「で、ママにはその子が見えなかったの？」

「うん」

「きみのママ、ほんとに見てたのかな？」

「ちょっと、ラジャー。ママはちゃんと目が見えるんだよ。それに、ほんとはバカでもないし。ねえ、ラジャー。あたしがなにを考えてるか、わかってる？」

「うん、たぶんね」

「あの男にも見えないお友だちがいるんだよ。あたしにあんたがいるみたいに」

「ああ。ちょっとほっとしたよ。そういう友だちがぼくだけじゃないってわかって」


できるだけ親に見ていてもらわないと、気がすまない子どもがいる。ずっと見ていてほしい子どももいる。そういう子どもは、まわりに、自分のやることをすべて見守っていてくれる大人がいないと、なんだか一日損《そん》したような気になるものだ。五分以上（時には、それより短くても）ひとりぼっちにされると、退屈《たいくつ》になる。ふくれっつらをしたり、ぐたっとしてみたり、かかとで床《ゆか》をけったり、ぶつぶつ文句《もんく》をいったりする。

アマンダは、ぜったいにそういう子ではなかった。いつも、ひとりぼっちで満足していた。ほんとに幼《おさな》かったころも、大きな紙とボールペンやクレヨンの入った箱さえあれば、地図や怪獣《かいじゅう》を描《か》いたり、冒険《ぼうけん》の計画を立てたりしていた。ベッドにすわって本を読んだり、大海原《おおうなばら》に船を漕《こ》ぎだしたりすれば、それはもうごきげんだった。ほかの子の誕生日《たんじょうび》パーティーやお泊《と》まり会に招《まね》かれたときなど、その子の親がママにこんな電話をかけてくることもあった。

「アマンダちゃん、どこに行ったかと思ったら、キッチンのテーブルの下にもぐってたんですよ。お船ごと鯨《くじら》に飲みこまれちゃったから、鯨が気分が悪くなって吐《は》くのを待ってるんですって。あのう……お迎《むか》えにいらっしゃいますか？」

そんなときいつも、アマンダのママは、こう返事した。

「アマンダが、帰りたいっていってるのかしら？　あの子、なにかを壊《こわ》しました？え？　そうじゃないんですか？　そしたら、お約束どおり六時に迎えにいきます」

アマンダがひとり遊びがとても上手で、冒険を考えだしたり、自分だけの物語を作りだしたりするので、ママは夏休みのあいだでも、ほとんど書斎《しょさい》にこもりっきりで仕事をすることができた(仕事というのは、アマンダの父方の祖父母《そふぼ》であるシャッフルアップ夫妻《ふさい》に、メールやデータを送ること。ママは、おじいちゃん、おばあちゃんがやっている商売の経理係《けいりがかり》をしているのだ)。そうでなければ、キッチンでラジオを聞きながら、お湯がわくのを待っていたり、午後の三時ごろ、ワインを片手《かたて》にソファに寝転《ねころ》んでいたり（ほんの十分だけだが）、時には娘《むすめ》がいることすら（ほとんど）忘《わす》れてしまうこともあった。

　だからといって、アマンダのママがいい母親ではなかったというわけではない。パソコンの時間を削《けず》って、アマンダに本を読んでやったり、ボードゲームをいっしょにしたり、宿題を手伝ったり、娘が見たいといった映画《えいが》につれていったりすることもあった。それでも、娘がひとりでなんでもやってしまうような子だというのは、うれしいことだった。たぶん、そのせいで書斎《しょさい》にこもりっきりでも、あまり後ろめたさを感じなかったのだろう。

　ある日曜日の朝、ラジャーが初めてあらわれてから二、三週間後のこと、アマンダのママは電話をとった。書斎のデスクの前で、パソコンの画面から目をはなして、庭で遊んでいるアマンダのようすを窓《まど》から見ているところだった。

　電話をかけてきたのはママの母親で、アマンダはダウンビートおばあちゃんと呼《よ》んでいる。しばらくはあれやこれやと大人のおしゃべりをしたあとで、孫の話になった。

「あの子、そのへんにいるの？　電話に出たいっていってる？」

「ううん、お母さん。いま、庭でラジャーと遊んでるの。遊びのじゃまをしたくななし」

「ロジャー？　その子、新しいお友だちなの？」

「まあね。新しいっていえば、たしかにそう。お友だちっていえば、そうにちがいないけど、でも……」

「でも、なによ？」

「お母さん、ぜったい笑うから。わたしが甘《あま》やかしすぎるとかいわれそうで。さもなきゃ、ほったらかしにしてるとか。きっと、ああだのこうだのいわれちゃう」

「ぐじゃぐじゃバカなこといってないで。ほら、なんなのよ、いってごらん」

「ラジャーってね、ほんとはウソっこのお友だちなの。アマンダにしか見えないお友だちなのよ」

「見えないお友だち？」

「そう。アマンダの空想のなかのお友だち。先週、アマンダが考えだした子なんだけど、もう切っても切れないお友だちになっちゃったの。食事のときは、ちゃんとテーブルにラジャーの席がなきゃいけないとか、もういろいろ。笑わないでよ、お母さん」

　でも、ダウンビートおばあちゃんは、笑わなかった。それどころか、なんだか切ない声でいうのだ。

「ねえ、リジー。あんた、レイゾウコのことおぼえてる？」

「冷蔵庫《れいぞうこ》？」アマンダのママは、聞きかえした。「お母さん、いったいなんの話してるの？」

「あなたの、お友だちだったじゃないの。あなたの空想のなかのお友だちよ。たしか犬だったと思うけど、そうじゃなかった？　もちろん、ずっと昔のことだけど、小さいころ、あなたはその犬といっしょじゃなきゃ、どこにも行かなかったじゃない。レイゾウコがいるときは、ネコは部屋に入れない。レイゾウコがこわがるからって、あなたがネコを追いだしちゃうからよ」

「それ、おぼえてないわ」ママは答えながら、そんなに記憶《きおく》に残りそうなことを、どうして忘《わす》れちゃうのかしらと思った。

「いやね、リジーったら。こんどあなたの弟にきいてごらんなさいな」おばあちゃんはいった。「あなたとレイゾウコのせいで、あの子、いっつも頭がおかしくなりそうだったんだから」

　そして、そのあとは、べつの話題に移っていった。天気とか景気とか、腰痛《ようつう》とか洋ランとか、大人が年がら年じゅうしゃべっている退屈《たいくつ》な話だ。

電話を切ってから、アマンダのママはデスクの前にすわって、だまったままじっとしていた。それから、窓《まど》の外の庭に目をやり、アマンダがベンチから飛びおりるのを見て、にっこりした。顔を青く塗《ぬ》ったアマンダは、手には棒《ぼう》を持ち、古代ピクト人の戦士のようなおたけびを上げて、かわいそうなオーブンをおどかし、花壇《かだん》から追いだしている。

キッチンのネコ用ドアが、パタンと鳴った。

アマンダのママは、椅子《いす》の背《せ》にもたれかかって、レイゾウコのことを考えていた。母親が記憶をよみがえらせてくれたおかげで、自分でもおぼえていることがあるのに気づいた。どんなようすの犬だったかは、思い出すことができる。おおざっぱだけど。お年寄りの牧羊犬じゃなかったっけ？　たぶんそうだ。ずっと昔のことだったし、いくつかおぼえていることはあるような気はするけれど（ベッドの下で寝《ね》ている犬のしめった、土くさくて、かびくさいにおいとか）、大人になるにつれて記憶からすべりおちてしまったことは、まったく思い出せないままだ。

けれども、はっきりしているのは、想像力でつくりだした友だちがいたからって、そのために自分がこまったことになったとか、ひどい目にあったことは、まったくないということだ。だからアマンダのことも心配するつもりはなかった。知りあいのなかには、我《わ》が子《こ》が想像の翼《つばさ》を広げていると気づいたとたんに児童精神科《せいしんか》の医者に電話をする人もいそうだが（病気なわけないのに！）、ラジャーが家にいてくれるのは、むしろうれしいことだ。

夕食の席を、もうひとり分もうけなければならなくなっても、それならそれでいい。わざわざ、見えないお友だちの男の子が好きなイチゴの香《かお》りがするシャンプーを買うのだって、そう、わけもないことだ。どこかへ車ででかけるとき、その子がシートベルトをちゃんとしめているかたしかめるのも。娘《むすめ》がよろこぶのならこういったことすべては、なんの苦にもならなかった。

それに、アマンダに話をきいたところでは、ラジャーは娘に悪い影響《えいきょう》をあたえるような子ではなかった。それどころか、ラジャーのほうが気の毒だと、ひそかに思っているくらいだった。

3

その晩《ばん》、アマンダのママは外出した。ママはしょっちゅう外出するわけではないが、そういうときには、ベビーシッターをなんとかして見つけてくるのだった。そのベビーシッターがそろいもそろってアマンダのじゃまばかりして、いらいらする人ばかりなのだ。

アマンダはもう、ベビーシッターなしでも留守番《るすばん》できるくらい大きくなっている。アマンダにいわせれば、ベビーシッターというのはベビーのためのものだし（呼《よ》び名《な》からもわかる）、何年も前からアマンダはベビーではない。それに、アマンダはひとりで留守番しているわけではないよね？　ラジャーといっしょなのだから。

けれども、けっきょくいつだっておなじことが起きる。いつだってアマンダは大きな声で、知恵《ちえ》をしぼって、ときには手をもみしぼらんばかりにママにお願いをくりかえす。それなのにやっぱりベビーシッターはやってくるのだ。

「なんだかさあ」と、アマンダはラジャーにいった。「ママは、あたしたちのこと信用してないみたい。これって、あんたのせいだよ」

「ええっ？」とつぜん非難《ひなん》されて、ラジャーはむかっとした。

「だってさ、このあいだ、ダイニングでボール投げをして、ママの花びんを割《わ》っちゃったじゃない」

口をあんぐりひらいてから、ラジャーは、自分のせいではないという理由を、指を折って数えだした。指が足りるといいけど。

「まず第一に、あれは花びんじゃなくって、水差しだった。第二に、ボールを投げたのはアマンダで、ぼくじゃなかった。第三に、あれはボールじゃなくって、オレンジだった。第四に、アマンダはオレンジじゃなくって、手《しゅ》りゅう弾《だん》だっていってた――」

「それで、第五に」アマンダは、ラジャーの言葉をさえぎった。「投げたのはラジャーだって、あたしはママにいった。だって、あんたはあたしの代わりに罪《つみ》を負ってくれる、すてきな騎士《きし》だもんね。でなきゃ、ママがかんかんにおこって、金曜日にいつも食べてるハンバーガーを食べさせてくれなくなっちゃうでしょ。あたし、あんたに『ありがとう』っていわなかったっけ？」

すっかり面くらってしまったラジャーだが、これは別にめずらしいことではない。

ラジャーは、もぞもぞとひじをかいた。

そのとき、玄関《げんかん》のチャイムが鳴った。

ふたりが階段《かいだん》をかけおりると、ママがドアをあけているところだった。背《せ》の高い、若《わか》い女の人が戸口に立っている。高校生か大学生のようだ。雨のなか、ぽたぽたしずくが垂《た》れる、黒い折りたたみ傘《がさ》を差しながら、その人は大声で携帯《けいたい》電話をかけていた。

「そうそう。そんでいま、そのバイトの家に着いたみたいな」だれだかわからない相手に話している。「電話、切るよお。いい？　あとでかけるね。わかったあ？　ンーパッ、ンーンパッ！」

大きく、キスの音を立てている。

アマンダはラジャーと顔を見合わせて、ふきだすのをこらえた。

「わたしの携帯の番号、知ってるわよね？」ママがいっている。「十時には、もどりますから。急にお願いしたのに来てくれて、本当にありがとう」ママは、アマンダのほうにふりかえった。「ちゃんといい子にしてるのよ。えっと……ごめんなさい。お名前をもう一度教えてくださる？」

「マリゴールド。でも、みんなゴールディーって呼《よ》んでますけどぉ」

「それって、犬の名前っぽくない？」ラジャーが、そっといった。

　アマンダはくすくす笑いだしたけれど、ママに「おぎょうぎ悪いわよ」としかられた。

「あたしじゃないもん。ラジャーがふざけたの。それだけ」

「ああ、そうだわ」と、ママはいった。「アマンダには、ラジャーっていうお友だちがいるのよ。でも、心配しないで。お世話はかけないから」

「子どもって、ふたりいるんですかあ？」ゴールディーはいう。「ふたりなんて、電話じゃいわなかったですよね」

「いいえ、ちがうのよ」ママは、笑いだした。「心配しないで。ラジャーはね、ウソっこのお友だちなの。この子が空想してるだけのお友だちなんだから」口の動きだけで声に出さずにいったつもりが、玄関《げんかん》にいるみんなに聞こえてしまった。

「ママ！」アマンダが、口をとがらせた。「ラジャーは、ここに立ってるんだよ。この子だって、ちゃんと傷《きず》つくんだからね」

　アマンダのほうにふりむいたママは、娘《むすめ》が腕組《うでぐ》みして、しかめっつらをしているのを見て、なにをいわれたかわかった。

「ごめんね。意地悪をいうつもりはなかったのよ」

「けど、ママがあやまらなくちゃいけないのは、あたしじゃないでしょ？」

アマンダは、ママがあたりを見まわして「ごめんね、ラジャー」というまで、腕組みをやめなかった。あいにくママは、ラジャーが立っているところからずっとはなれた、かすかな空気にあやまっていたけれど。

「気にしないでください」と、ラジャーはいった。

「許《ゆる》してあげてもいいよ、だってさ」と、アマンダはママに伝えた。


自分にお茶を入れてから、ゴールディーはきいた。

「でさ、ビスケットはどこよ？」

三人は、キッチンテーブルを囲んでいた。

キッチンはあたたかかったから、裏口《うらぐち》のドアはあけてあった。中庭のテラスを雨《あま》粒《つぶ》がはげしくたたいているが、まだ、それほどは冷えこんではいない。夜の空気はすがすがしく、鼻につんとするようなにおいがしていて、ビリッと電気を帯びているような感じさえした。お昼すぎの蒸《む》し暑《あつ》くて息苦しくなるような、どんよりした空気を嵐《あらし》が運びさってくれたので、黒雲が低く垂《た》れこめ遠くで雷《かみなり》も鳴っていたが、雨は心地《ここち》よく、さわやかな夜だった。

「ビスケットは、あの入れ物」アマンダは、指さした。「ママが、ひとり二枚《まい》ずつだって」

ゴールディーはテーブルの上のビスケット入れを引きよせ、ふたをあけた。

「オッケー、じゃあ、あんたに二枚だね」ゴールディーは、長い指でビスケットを二枚つまみだす。「で、あたしにも二枚っと」

ゴールディーは、ビスケット入れのふたをしめた。

「それと、ラジャーにも二枚だよ」

「ラジャーって?」ゴールディーは、きょとんとしている。

アマンダは、あきれたという顔で目玉をぐるりとまわし、天井《てんじょう》をあおいだ。「もちろん、ラジャーにもあげなくっちゃ。ママはいっつも、ラジャーにも二枚あげてるよ。育ちざかりの男の子だから、栄養がいるものねって」

ゴールディーは、テーブルをピシャッとたたいてにんまり笑った。さっきいわれたことを思い出したのだ。ケラケラ笑いながら、アマンダにいう。「そうだよねえ! あんたのウソっこのボーイフレンドだもんね。あたしもさあ、小さいころ――」

つぎのしゅんかん、ゴールディーはなにをいおうとしたか忘《わす》れてしまった。ショックを受けたアマンダが、かじりかけのビスケットをプーッとテーブル一面に吐《は》きだしてしまったからだ。

「ボーイフレンドなんかじゃないもん！」考えただけで腹《はら》が立つというように、まくしたてる。「ゲエッ、オエーッ」

うっかり口にした、ひどい味を追いだそうとしているように、口元で両手をはげしくふっている。

ラジャーは椅子《いす》にすわったまま、あっけにとられていた。ラジャーだって、アマンダとおなじくらいゴールディーの言葉に腹を立てていた。けど、ビスケットを吐きだすほどおおげさなこと、しなきゃいけないのかな？

「ちょっと落ち着けったら」ラジャーは、いってみた。

アマンダは、あきれたという顔で、ラジャーをにらみつける。

「ちょっと落ち着け……あんた、そういったの？」自分の耳が信じられないというように、アマンダはくりかえした。

「アマンダとロジャーが、木の上で……」ゴールディーは、お茶をすすりながらうたいだす。「キッスをしてるよ、いいじゃないか――」

にらみつけた。
「それって、名前もまちがってる」アマンダはこわい声でいうと、ゴールディーを
「え、なに？」
「ロジャーじゃないの」アマンダは、きっぱりといった。「ラジャー。それからね、
この子とキスするくらいなら、死んだほうがましなの」
ゴールディーは、長いことじっとアマンダを見つめてから、マグカップを置いた。
さすがの能天気《のうてんき》なベビーシッターも、降参《こうさん》するしかない。「はいはい、わかりました
たよ」
「ふん！」アマンダは、ぷりぷりおこって腕《うで》を組む。「これだけは、おぼえといて。
ラジャーは、あたしのボーイフレンドなんかじゃない。それと、まだラジャーにビ
スケットを二枚《まい》あげてないよ」
ゴールディーは、ビスケット入れに手をのばして、二枚とりだした。それから「ど
こに置けばいい？」というように、アマンダの顔を見た。
「あのね、ラジャーは、あんまりビスケットが好きじゃないの。だから、あたしが
しまっといてあげる」
ビスケットを受けとると、アマンダは自分の胃袋《いぶくろ》のなかにしまっておいてあげた。

それから十分後、ゴールディーは目をつぶって玄関《げんかん》ホールに立っていた。数を数えていたのだ。

二階では、ラジャーが洋服ダンスのなかにしゃがんでいた。最初にあらわれたのと、おなじ洋服ダンスだ。アマンダだったら、最初にここをのぞくだろうなと、ラジャーは思った。でも、今夜のかくれんぼのオニは、アマンダではない。

階下では、アマンダがしのび足で書斎《しょさい》に入り、デスクの下にもぐりこんだ。いつもだったら、ママの足があるところだ。椅子《いす》を引きよせれば、もう完璧《かんぺき》。ぜったいに見つかりっこない。ひざを立ててあごをのせ、壁《かべ》に背中《せなか》をぴったりつけてアマンダは待った。教会の屋根にのっかっている怪物《かいぶつ》の彫刻《ちょうこく》が、地中にもぐっているようなかっこうだ。

「九十八……九十九……百」ゴールディーが、いっている。「さあ、見つけるぞお！」

アマンダは、耳をすました。ゴールディーは、だまってじっと考えているらしい。その顔が、目に見えるようだ。二階に行くの？　それとも、下かな？　キッチンかリビング？　背《せ》の高い電気スタンドの後ろ？　テーブルの下？　いったいどこから探《さが》しはじめるんだろう？

アマンダは、おなかの底がざわざわするくらい、わくわくしてきた。キッチンの戸棚《とだな》が、ひとつまたひとつとひらいてはしまるのが聞こえる。それから、階段《かいだん》下の物置《ものおき》の戸がキイッと、いつもとおなじ音をたてた。どうやらゴールディーは、すみからすみまで調べるつもりらしい。これは、おもしろいぞ。

いっしゅん静かになってから、ゴールディーの足音が近づいてくるのが聞こえた。ママの椅子《いす》の脚《あし》のあいだから、ドアのところにいるゴールディーの影《かげ》が見える。ゴールディーは手をのばして、書斎《しょさい》の明かりをつけた。

アマンダは、デスクの奥《おく》のほうに、もぞもぞと後ずさりしたくなったが、じっとがまんした。いま音を立てたりしたら、最低だ。じっとしてるんだよと、自分にいいきかせる。静かにしてなきゃだめ。

ゴールディーは本棚をながめまわしてから、ママの書類入れのいちばん上の引き出しをあけている。そんなところにアマンダが入りっこないのに。ゴールディーは、書斎のまんなかに一歩進んだ。

ゴールディーの足が見える。そのままゆっくり、ぐるりとまわるのも。アマンダは、書斎《しょさい》がどうなっているか、思い出してみた。かくれるような戸棚《とだな》はひ

94
95
93
96
92
91
90
89

とつもないし、大きな洗濯《せんたく》かごも、女の子が後ろにうずくまれるくらい大きな肘掛《ひじかけ》椅子《いす》もない。本当のところ、書斎のなかのかくれ場所といったら、アマンダがうずくまっているところしかないのだ。そのことに気づいて、アマンダはがっかりしてしまった。いくらゴールディーだって、すぐに気がつくにちがいない。

　そのとき、玄関《げんかん》のチャイムが鳴った。

　ゴールディーが、玄関に歩いていく。

　雷鳴《らいめい》がとどろいて、窓《まど》ガラスがびりびりふるえた。アマンダはデスクの下で、もぞもぞと向きを変えた。左足が、しびれてきている。ゴールディーの注意がそれているあいだに、ちょっと楽にしとかなきゃ。

「お嬢《じょう》さん、とつぜんおじゃましてすみません」玄関から、男の声が聞こえる。「じつは、わたしの車が故障《こしょう》しちまって……あそこでね。こんなひどい天気の晩《ばん》だから……携帯《けいたい》電話が使えなくって……で、すまんが、電話を貸《か》してもらえませんかね……」

「えっと」ゴールディーが迷《まよ》っているのが、アマンダにもはっきりわかった。「あのう、ここ、あたしんちじゃないんで。シャッフルアップさんは――ここんちの奥《おく》さんだけど、いま留守《るす》なの。あたしは、ベビーシッターやってるだけだから、そんなことして……」

「ああ、なるほどね……で、留守をあずかってるんだ……そこへ知らない男がやってきたんで、こまってるわけだね。だが……ちょっと入らせてもらうだけで、すぐすむんだ。ほんとに……助けてもらえると、ありがたいんだがね、お嬢さん。だってべつに……」

書斎の窓ガラスをたたく雨音は、ますますはげしくなっていたから、ふたりの会話がすっかり聞こえたわけではなかった。けれども、アマンダは妙《みょう》な感じがした。男の声に聞きおぼえがあるのだ。知っているだれかの声というわけではない。ママの友だちの声でもないし、近所の人の声でもないけれど、でも……。

「けど」ゴールディーが、いっている。「ここ、あたしんちじゃないから、あたしは……」

「はい、はい、もちろんそうだよね。わたしは、べつになにも……。となりの家の明かりが見えるから、あそこできいてみるとしよう。では、失礼」

「ええ、ども。じゃあね」

玄関のドアがしまり、外の小道を打つ雨音が聞こえなくなった。それでもアマンダの頭のなかでは、男の声がぐるぐると動きまわっていた。その声は、どこにもぴったりとおさまらない。いらいらするったらなかった。でも、もういなくなっちゃったんだから、気にすることないじゃない。アマンダは、自分にいいきかせた。

そのとき、明かりが消えた。

いっぽうラジャーは、その二分前に洋服ダンスから這《は》いだしていた。アマンダの部屋の窓《まど》からは、玄関《げんかん》前の庭がよく見える。ラジャーは用心しながら、そっとアマンダのベッドの上に乗ると、冷たい窓ガラスに顔をおしつけた。

なんて真っ暗なんだろう。ラジャーは、びっくりした。いつもよりずっとはやく夜になったみたいだ。けれどもあたりが暗いのは、街じゅうにあたたかい雨を降《ふ》らしている大きな黒雲が、空をすっぽりおおっているせいだった。

ラジャーは、下をのぞいた。門からの小道に、玄関の明かりがもれている。明かりのなかに人の形をした黒い影《かげ》が見えたが、訪《たず》ねてきた人そのものは、ドアにかくれていてわからない。その人を見るには窓をあけて身を乗りだすほかないが、そこまでして知りたくはなかった。それよりなにより、ふいに強い風とはげしい雨が窓ガラスに吹《ふ》きつけてきたのにぎょっとなった。

ラジャーは、あわてて窓から飛びのいた。その場に立ったままどきどきしていると、階下から玄関のドアがバタンとしまる音が聞こえてきた。

ラジャーは、ふたたび身を乗りだして外を見た。あいかわらず雨は窓ガラスを伝ってざあざあ流れていたが、小道を門のほうにもどっていく人の姿《すがた》は見ることができた。大きな男だ。それだけはわかる。男の姿は傘《かさ》にかくれていたが、どうやらバミューダパンツをはいているらしい。

門から歩道に出ると、男はくるりとふりかえり、アマンダの家のほうを向いた。そのまま、じっと立っている。なにかを待っているように。

なんだか変だなと、ラジャーは思った。

そのとき、明かりが消えた。

「ちょっとお、アマンダ！」真っ暗な玄関《げんかん》から、ゴールディーが大声でいっている。

「あわてなくていいんだよ。ただの停電だから。心配することないよ。あんた、どこにいるの？」

停電だろうとなかろうと、その手にうかうかと乗って、自分のかくれ場所を教えることはない。アマンダは、静かにしゃがんだまま、なにもいわなかった。

「いま、携帯《けいたい》を出すからね。懐中電灯《かいちゅうでんとう》代わりに使えるから」ゴールディーはいっている。

そのとき、ゴトッとなにかが床《ゆか》に落ちた音がした。いまいっていた携帯電話だ。どうやらゴールディーは、手先が不器用にちがいない。ゴトッにつづけて出てきたきたない言葉を、アマンダは聞かなかったふりをした。

「もう、どこにあるんだよ、いったい！」ゴールディーは、いらいらとつぶやいている。

アマンダのいるところからは玄関が見えなかったし、ましてや暗闇《くらやみ》だったからなにも見えなかったが、ゴールディーが玄関の床にひざをついて探《さが》しまわっているよ

うすがありありと目に浮かんだ。デスクの下に丸まっていないで、手伝ってあげなければいけないのかも。でも、そうしたらかくれんぼに負けちゃ

うし、負けるのはまっぴらだ。だから、じっとしていることにした。そのすぐあとに、やっぱりじっとしていて良かったと、アマンダは思った。

なぜなら、稲妻《いなずま》がさっと書斎《しょさい》のなかを照らしだしたとき、ほんのいっしゅんの光のなかに、椅子《いす》の木の脚《あし》のあいだから人間の足が見えたのだ。書斎のまんなかに、やせほそった、青白い足が立っている。

そしてまた、闇《やみ》につつまれた。

アマンダは思いがけない光景に息をのんで、口に手を当てた。頭のなかが、があーんと鳴っている。静かに、じっとしてなきゃだめ。自分にそういいきかせた。

雨がはげしく窓《まど》ガラスをたたき、ゴールディーはまだ玄関《げんかん》でごそごそ動きまわっている（届《とど》いた手紙を置いておく小さなテーブルに、ドーンとぶつかるのが聞こえた）。

アマンダは息を殺して、つぎの雷鳴《らいめい》と稲妻《いなずま》を待った。動いてはだめ。いっしゅん見た光景から、わかったことはひとつ。あれは、アマンダが知っている人の足ではない。ゴールディーのでも、ラジャーのでも、ネコのでもなく、自分の足でもない。そして、そのほかには、家にはだれもいない。というより、だれもいてはいけなかった。

あれは、ほかのだれの足より、アマンダの足に似《に》ていた。黒いスカートの下の白いハイソックスや、バックルのついた、女の子用の黒い靴《くつ》も。アマンダがいつもバックルのついた靴をはいているわけではない。学校へ行くときは別だけれど。とにかくいまは、どんな靴もはいていない。

「アマンダ！　ここへ来て、携帯《けいたい》をいっしょに探《さが》してよ。なにかの下にもぐりこんじゃったんだよ。懐中電灯《かいちゅうでんとう》、どこにあるか知らない？」

家の真上で、いままででいちばん大きな雷が鳴った。バリバリという音で家が揺れる。つづいて、肝《きも》をつぶすほどまぶしい稲妻《いなずま》が光った。

アマンダは、さっき足があったところを見つめた。今度はない。消えてしまっている。

その代わりに、椅子《いす》の脚《あし》のあいだに顔がある。少女の顔。両側にまっすぐな、青ざめた、長い黒髪《くろかみ》を垂《た》らしている。悲しげで、陰気《いんき》くさくて、小さな口元をしたその顔は、じっとアマンダを見ている。

そして、ふたたび書斎《しょさい》は闇《やみ》につつまれた。

　とたんにアマンダは、思ってもみないこと、とてもやりそうもないことをした。悲鳴をあげたのだ。夢中《むちゅう》で椅子《いす》と、顔の持ち主がひざをついていたあたりをけとばしていた。

　あとから考えると、あんな悲鳴をあげるなんて――まるで女の子みたいに悲鳴をあげるなんて――バッカみたいだ。見えたのは、真っ暗ななかでいっしゅん光った顔だけじゃないか。もしかしたら、その顔だってなかったのかも。ほんのいっしゅん、ほんのちょっと見えただけだもの。顔を見たのかどうかだって、わからないじゃない？（ちょっと考えてから出した答えは「うん、顔を見たのはたしかだよ」だった）。

　数秒後にゴールディーが書斎《しょさい》に飛びこんできてくずかごにけつまずき、またまたきたない言葉でののしった。携帯《けいたい》電話を持った手をつきだしているので、画面のぼうっとした、青い光が書斎のなかを照らしている。

　そして、書斎には、ふたりのほかはだれもいなかった。

　ゴールディーはデスクの下から椅子を引きだすと、アマンダに手を貸《か》して立ちあがらせた。

　書斎にいるのは、ふたりだけ。まちがいない。アマンダはぐるりとあたりを見まわし、ゴールディーも携帯電話ですみずみまで照らした。

「ここに女の子がいたんだよ」アマンダは、重い息をつきながらいった。

「ほうら、もうだれもいないじゃん」ゴールディーは、アマンダの肩《かた》に手を置いた。

「あんた、その子を頭んなかでこしらえちゃったんだよ。真っ暗だし、それもとつぜんだったから。停電って、ほんとにこわいもんね。よし、よし」ゴールディーは、アマンダの頭をなでた。いつものアマンダだったら、かんかんにおこるところだ。けれども、あれやこれやと必死に考えていたアマンダは、頭をなでられたのに気づきもしなかった。

あの子は、アマンダの頭のなかでこしらえたわけじゃない（そうなのかな？）でも、「それならなんだったの？」ときかれても答えられない。アマンダは、家のなかのあちこちを思いうかべ、あの子はどこにいったのだろうと考えた。そして、ラジャーのことを思い出した。

二階では、ラジャーがまだ子ども部屋にいた。ラジャーもほんものの男の子とおなじで、暗闇《くらやみ》ではなにも見えない。

アマンダの悲鳴を聞くと、ラジャーは戸口に走った。子ども部屋の壁《かべ》の濃《こ》いグレーのなかに、戸口がさらに濃《こ》い長方形になって立っている。戸口に達する前に、三度目の稲妻《いなずま》のまぶしい光が窓《まど》から差しこみ、その少女が見えた。戸口に立っている。アマンダが話していた少女だ。長くてまっすぐな黒髪《くろかみ》、黒っぽいジャンパースカートに白いハイソックス。黒髪に半分かくれている、落ちこんだ、悲しそうな瞳《ひとみ》。少女の姿《すがた》をアマンダに聞いていたので、すぐにその子だとわかったのだ。お昼すぎに、調査《ちょうさ》だといって訪《おとず》れた男の「見えないお友だち」。ぜったいにそうだ。きまっている。

だが、アマンダにきいていなくても、ラジャーにはわかったにちがいない。「どうして?」とか、「なぜ自信を持っていえるの?」とか、「決定的なヒントになったのはなに?」などときかれても答えられないが、とにかくその子がだれかの見えないお友だちだということは、しっかりとわかった。たぶん、昔からよくいうように「同類のことは同類にきけ」ということなのだろう。

けれども稲妻は、ほんのいっしゅんのことで、少女を見たとたん、正体がわかったとたんにまた暗闇《くらやみ》になり、あっというまにラジャーは後ろにつきとばされていた。少女が、ラジャーめがけて突進《とっしん》したのだ。冷たい手でT《ティー》シャツにつかみかかり、

子ども部屋にぐいぐいおしもどす。見かけより、ずっと力が強い。アマンダより強いくらいだ（ときどき、アマンダと口げんかしているうちにレスリングになることがあったが、いつだってラジャーが負けた。アマンダが女の子にしてはけっこう強いからだったけれど、たいていはズルをするせいだ）。

足がラグの縁《ふち》に引っかかって、ラジャーは少女といっしょにあおむけに倒《たお》れた。少女がラジャーの上にのしかかる。クモの巣のように顔にかぶさってくる黒髪《くろかみ》を、吹《ふ》きとばさなければ……。

「どけ！」息を切らしながら、ラジャーはいった。「はなせったら」

少女はラジャーの上からおりたが、はなそうとはしない。暗闇《くらやみ》のなかで身を起こして立ちあがると、今度はラジャーを窓《まど》のほうに引きずっていくのだ。ラジャーのT《ティー》シャツは半分ぬげてしまい、足を引っかけたラグもいっしょに床《ゆか》を引きずられていく。

ふたたび稲妻《いなずま》が空を引きさく。顔を上げたラジャーに、少女の青白い腕《うで》と、長くてまっすぐな黒髪が見えた。少女の顔は見えなかったが（横を向いていたので）、なにかおそろしいほど邪悪《じゃあく》なものを、ラジャーは感じとった。

とつぜんラジャーに襲《おそ》いかかって、つきたおし、引きずっているからだけではない。もちろん、そんなのは悪いことだし、思ってもみなかったことだ。だが、そういうことだけでなく、この晩《ばん》に起こったおそろしくて奇妙《きみょう》な出来事以上のなにかがある。ラジャーは、それを心臓《しんぞう》で感じていた。胸《むね》の鼓動《こどう》がはやくなったわけではない。むしろおそくなって、ちりちりする感じが、うんざりするほどゆっくりと背骨《せぼね》をしたたり落ちていくのだ。この少女は、「善良《ぜんりょう》な存在《そんざい》ではない」。

少女は、ラジャーをアマンダのベッドに引きずりあげてから、やっと手をはなした。窓辺に寄ったので、街灯のオレンジ色の明かりに照らされた少女の姿《すがた》が、はじめてはっきりと見えた。少女は、指先で窓のかけ金をいじっている。

少女が歯のあいだからシーッというような音を出すと、カチッとかけ金がはずれた。ハンドルをまわして窓をおしあけている。雨粒《あまつぶ》が風に乗って、ザアッと入ってきた。

「助けてえ！」ラジャーはさけぶなり、ベッドから転がりおちた。「アマンダ！」ラジャーが声を上げるのと同時に、べつの明かりが窓ガラスをさっと掃《は》き、子ども部屋の壁《かべ》をぐるりと照らした。車のエンジンの音が聞こえ、エンジンを切ったあとの静寂《せいじゃく》がつづく。

聞こえてくるのは、外の雨音だけだ。

少女が、またシーッと声を出す。車のドアがしまる音がした。

少女はふりかえって、ラジャーの顔を見た。窓《まど》を背《せ》に黒い影《かげ》になっているので、目は見えない。だが、炎《ほのお》のような視線《しせん》が冷たく自分を見すえているのはわかる。ラジャーの足は、がくがくふるえだした。

どこからかジーッという音がして、ラジャーの背後《はいご》のどこかが、ちかっと光った。玄関《げんかん》の鍵《かぎ》をまわす音が聞こえる。

ふいに、家じゅうに光があふれた。玄関も、書斎《しょさい》も、キッチンも、階段《かいだん》の上も。子ども部屋に、あふれるほどの光が流れこんでくる。ドアからまっすぐに入ってきた、いびつな長四角の明かりが、カーペットに、そしてアマンダのベッドの上に届《とど》いた。

ラジャーは、ほんのいっしゅん、あたりを見まわした。部屋に入ってきた光が自分の友だちで、その子に「やあ！」と声をかけようとしているみたいに。

とたんに、ラジャーの上から、なにかがすっと浮《う》きあがった。形のあるものではなく、重みがあったわけでもないが、不安や、痛《いた》みや、恐怖《きょうふ》のようななにかが、ラジャーの上からさっと洗《あら》いながされたようだ。窓のほうにふりかえると、少女は消えていた。残っているのは、夜と雨だけだ。

「アマンダ、ただいまあ！」玄関のドアをあけながら、アマンダのママは声をかけた。「アマンダ？　マリゴールドさん？　ひどい嵐《あらし》だったわね。ルースさんが、ちっちゃなサイモンをひとりぼっちにしておけないわ……なんていいだしてね。サイモンって、おバカなワンちゃんのことよ。スコットさんも、ビショップ通りにまた水があふれるかもしれんぞって心配しだして。だから、集まりは延期《えんき》することになったの。ほんとにバカみたいでしょ。だって……」

「ママ！」アマンダが玄関に走ってきた。「あのね、停電があってね、電気が消えちゃってね、ママの書斎に女の子がいてね、その子がすっごーく気持ちわるーい子で……」

「落ち着きなさいな、アマンダ」ママは、ヒーターの横にある帽子《ぼうし》かけにコートをかけながらいった。「いったいどうしたの？」

ベビーシッターのゴールディーも、玄関に出てきた。

「おかえりなさい。シャッフルアップさん。かくれんぼしてたら、停電になっちゃったんですよお。それだけなの。アマンダは、あすこの書斎にいたんだけど、稲妻《いなずま》が光ったとき、なんかがいるって思っちゃってえ。キャアッなんてさけぶからもう、あたしもめっちゃこわくなっちゃってえ……」

「キャアッなんて、ぜったいにいってないもん」むかついたアマンダは、ゴールディーの言葉をさえぎった。自分の名誉《めいよ》を守るために、いっておかなくては。「あたし、弱虫じゃないもん」

「そうそう、アマンダはキャアなんていってないよね」ママはそういって階段《かいだん》にすわると、アマンダを引きよせてぎゅっとしようとした。

アマンダは、もぞもぞとにげだした。

「ぜったい、女の子がいたんだよ。お昼に、うちに来たのとおんなじ子で、その子ったら――」

「ええ、ええ。アマンダは、頭のなかでいろいろ考えすぎて、そうなっちゃうことがあるのよね?」

「ちがうったら、ママ」アマンダは、いいかえした。「頭のなかでその子をこしらえたんじゃないの。あの子は……」

「だれもいなかったじゃん」ゴールディーが、横からわりこんできた。「ふたりであちこち見たけど、どっこもかくれるところなんてなかったしい……だけどね……

デスクの下は、べつだけど」

アマンダは警戒《けいかい》して、口をぎゅっと結んだ。おなかのなかがずーんと下がったような、いやな感じがする。

「で、そのデスクの下に、アマンダがかくれてたんだ！　はいっ！　みぃつけたあ！」

「それって、見つけられたのとちがうよ」アマンダは、ぴしゃりといってやった。「あたし、見つかってないもん。ちがうってば。ねえママ、いってやってよ」

「椅子《いす》のせいで出られなくなってたのを、出してやったじゃん。かくれてたとこから引っぱりだしてあげたんだよ。あたしが見つけたの、ぜったいに。あたしの勝ちだよ」

「きたないよ、それって」アマンダはいった。「あたし、ラジャーを探《さが》してくる」


ラジャーは、くしゃくしゃになったベッドの上にすわっていた。もう窓《まど》はしめてたけれど、T《ティー》シャツはずりあがったままで、髪《かみ》の毛《け》もひどくぼさぼさになっている。子ども部屋にやってきたアマンダを見て、ラジャーはいった。

「ほんとに、信じられないようなことが起こったんだ。電気がすっかり消えたとき、この部屋にあの女の子がいたんだよ。ほら、昼間やってきた男といっしょにいるのを見たっていってたよね。あの男の見えないお友だちだよ」

「うん、そんなの知ってるって」アマンダは、聞きあきたというように、そっけない返事をした。「あたしだって、下でその子を見たもん」

「ぼくに、襲《おそ》いかかってきたんだ。ぼくを引きずっていって、窓《まど》から落とそうと——」

アマンダは、ラジャーの顔を見てはいたけれど、本気で聞いていなかった。あのベビーシッターにだまされた。ズルをされたということで、頭のなかがいっぱいだったのだ。

「なにがあったと思う?」ラジャーの話を無視《むし》して、アマンダはいった。「あのゴールディーがね、あたしを見つけたなんていったんだよ。あたしはもう、かくれたところから出てきてたのに。そんなのって、あり?」

ラジャーは、その場に立ったまま口をぽかんとひらいた。

「アマンダ、ぼくのいったこと、聞こえなかったの? あの女の子、長い髪《かみ》をして、歯のあいだからシーッて声を出す、おっかない子が、ぼくに襲いかかってきたんだよ。すっごく、こわかった。その子の手なんて――」

「ちょっとお、おおげさなこといわないでよ。あんたって、いっつも大騒《おおさわ》ぎしすぎなの。あたしもその子を下で見たし、そんなにおっかなくなかったもん」

「その子にさわられなかったんだろ。そうにきまってるよ」思い出しただけで、ラジャーはぶるっとふるえた。「その子の手ってさ。うーっ！　すっごく冷たくて、じとっとしていて。すっごく、いやだったよ。ほんとにこわかったんだから」

「ちょっとラジャー」アマンダは、ふいにびっくりしたような声を上げた。「あたしの貯金箱、倒《たお》しちゃったね」

ラジャーは、そんなことに気づいてもいなかった。アマンダの貯金箱は、丸い郵便《ゆうびん》ポストの形をしていて、ふたのところにお金を入れる口がある。アマンダのおじいちゃんとおばあちゃんが、誕生日《たんじょうび》プレゼントにくれたものだ。その貯金箱が床《ゆか》に落ちて壊《こわ》れ、硬貨《こうか》が転がりだしている。

「ごめん」ラジャーは、もごもごとあやまった。「きっと、あの

子が倒《たお》しちゃったんだ。窓《まど》わくによじのぼるときに」

「そんなの、どうでもいいよ」アマンダは手をふって、ラジャーの言葉をさえぎってから、さっと横を通ってベッドのところに行った。床《ゆか》にひざをついて、お金を拾いはじめている。

ラジャーは、アマンダをじっと見ていた。心臓《しんぞう》が変なぐあいにどきどきしている。胸《むね》のなかに、ぽっかり穴があいたようだ。

「ぼくは、引きずっていかれて、窓から落とされてたかもしれないんだよ」アマンダが硬貨《こうか》をつまみあげているのを見ながら、ラジャーは、ゆっくりといった。「あの、幽霊《ゆうれい》みたいな女の子につかまってたかもしれないのに、それなのに……ぼくの話を聞いてもくれないんだね……」

怒《いか》りがこみあげてきた。頭がおかしくなりそうだった。アマンダは、友だちのはずじゃないか。いちばんの親友じゃないか。それなのに、話を聞いてもくれないなんて。今までの短い人生で(二か月と三週間と一日)いちばんおそろしい出来事だったのに、アマンダ、いったいなにを考えてるんだよ? 床に転がったお金と、バカみたいなかくれんぼのことばっかり。友だちが、こんな態度《たいど》をとっていいのかよ? それはかわいそうだったね……くらい、いうべきじゃないのかな? どうしたら気分が良くなるか、きいたっていいじゃないか。それなのに、床に残ったお金を拾って、ベッドわきの小さな飾《かざ》り棚《だな》の上に積みあげてるなんて……。

アマンダは、くるっとふりむいて、にんまりとラジャーに笑いかけた。おなかをすかせたクモが、つかれきったハエを見つけたような笑い方だ。

えっ、今度はなんだよ？

「はいっ、みぃつけた」アマンダは、ラジャーを指さした。「そんなバカみたいなとこにかくれてる子、見たことないよ。アマンダの勝ちっ！」

アマンダは、チャンピオンみたいにこぶしを宙《ちゅう》につきあげた。

「ちょっと待てよ。それって、きたなくないか。まだかくれんぼがつづいてるなんて、知らなかったもん」

「かくれんぼやめたなんて、あたし、いったっけ。だから、あたしの勝ちなの」

「もう、うんざりだよ。洋服ダンスにもどるからね」

ラジャーはベッドをおりて洋服ダンスまで行くと、なかに入って戸をしめた。あとで悪かったと思っても、知らないぞ！

4

「ママ、今日はプールに行ける？」つぎの朝、アマンダはきいた。スプーンを、窓《まど》のほうに向けてふる。雨はやんでいたが、朝の日差しは食器を洗《あら》った水のようにどんよりした灰色《はいいろ》で、あちこちに大きな水たまりができ、つまった雨樋《あまどい》から水がぽたぽた垂《た》れていた。

「庭じゃ遊べないし、あたしもラジャーもずっと泳いでないよ」

ラジャーは、思わずアマンダの顔を見てしまった。ラジャーが朝からひとことも口をきいていないのに、気がついていないらしい。

「そうねえ。どうせ街に行かなきゃいけないし、だったら……」

「やったあ！」

コーンフレークの最後のひとさじをパリパリと食べてしまってから、アマンダは椅子《いす》から飛びおりて、二階へかけあがっていく。

ママは、アマンダのお皿を手にとり、ラジャーのお皿を重ねた。お皿を斜《なな》めにして、ラジャーが食べていないコーンフレークをゴミ箱に捨《す》てる。それからつかれたように目をこすり、お皿を流しに置いてお湯の栓《せん》をひねってから、洗剤《せんざい》をシュッとお湯のなかに落とした。

ラジャーは玄関《げんかん》に行って、アマンダを待った。

アマンダに思い知らせてやる。ラジャーは、そう心にきめていた。ぼくがおこっているのに気づいて「ごめんなさい」というまで、待ってるぞ。アマンダがあやまったら許《ゆる》してやる。そしたら、ぜんぶもとどおりになるんだ。

こうきめたからには、ぜったいにやりとげるつもりだった。

アマンダは、目をきらきら輝《かがや》かせ、両手にリュックサックをかかえて階段《かいだん》をかけおりてきた。

「あたしの水着とゴーグルとタオルと、それからあんたにも短パンを入れてきてあげたからね。ママがしたくできたかどうか、見てこようっと」

ラジャーの返事を待たずに、アマンダはキッチンに走りこんだ。

ラジャーは、やっとわかった。アマンダのこまったところは、なんにも気がつかないってことだ。

きのうの晩《ばん》は、ラジャーがどんなにこわかったか気がつかなかったし、今朝《けさ》は今朝でラジャーがずっとだまっているのに気がついていない。自分だけの世界に入ってしまい、どうしてあたしのいうことをいちいち気にしてるのよとか、ぶつぶつ文句《もんく》をいっている。もちろん、ラジャーは気にしている。「ごめんなさい」を聞きたいと、待っているのだから。けれども、いくら熱心に耳をすましても、アマンダが空中に投げかける何百という言葉のなかに、ラジャーが聞きたくてたまらない「ごめんなさい」はなかった。

そして、しょせん沈黙《ちんもく》は沈黙で、浅いも深いもないのかもしれないが、ラジャーのだんまりぶりは、時間を追うごとに深まっていった。いくらアマンダの想像から生まれたとはいえ、ラジャーの気持ちが無視《むし》されていいはずはない。

車に乗りこんだラジャーは、腕組《うでぐ》みをして、ひたすら窓《まど》の外ばかり見ていた。

お向かいの家の木の下に、いっしゅん人影《ひとかげ》がふた

つ見えたような気がした。向こう側の歩道に、ただ立っているのだ。けれども、つぎのしゅんかんママがハンドルを切って車が門から道路に出たので、ラジャーの席からは見えなくなってしまった。ふりかえって後ろの窓からのぞいたときには、もう人影は消えていた。

アマンダに教えたほうがいいかな？　でも、なんていったらいいだろう？　からかわれるだけかも。それに、アマンダが気がつかないなら、本当はいないのかもしれない。ふだんは、とっても気がつくほうだから。だけど、ダメなときは、ぜんぜんダメじゃないかと、ラジャーは自分にいいきかせた。けっきょくラジャーは、だまったままでいることにした。

よくよく考えると、木もれ日が人影に見えたのかもしれない。ゆうべの記憶《きおく》が、頭にこびりついているせいかも。きのうの晩はよく眠《ねむ》れなくて、洋服ダンスのなかで寝返《ねがえ》りを打ってばかりいた。ラジャーは、大きなあくびをした。

「あたし、背泳《せおよ》ぎが好きなんだよ、いっつもね」アマンダが、いっている。やっぱり、自分のいっていることにしか注意を向けていない。「だって、あんまり目に水が入らないし。いっつも思うんだけど、プールの天井《てんじょう》に絵を描《か》いたらいいのにね。でなきゃ、マンガとかさ。そしたら、泳いでるときに読めるじゃない。そう思わない？」

アマンダは、ずっと話しかけてくる。ラジャーが腕組《うでぐ》みをして、窓《まど》の外ばかりながめているというのに。

「あたしね、たぶんクラスで四番目に水泳がうまいんだよ。ヴィンセントは、あたしより泳げるな。足が長いからね。テイラーって女の子は、顔が魚そっくりなの。だから、みんなよりうまく泳げるんだ。で、アブサロムって子は、泳ぐの見たことないの。だから、その子がうまいかどうかは、わかんない。たぶん、あたしは三番目かも。ねえ、ラジャー。どう思う？」

ラジャーの返事を待って、アマンダのおしゃべりに少しばかり間があいたが、返事がないので、またつづける。

「あたしがいっちばん好きなのは、プールのにおいだよ。なんだか変なにおいだよね？　それから、音も好き。教会に水がいっぱいたまったみたいで。バスの待合室《まちあいしつ》でもいいけどさ。ワーンってこだまするんだよね。それで、においも変だけど、すてきだし。においがきらいだって子もいるよ。ジュリアは、目がちかちかするっていってる。あの子のいいそうなことだよね。ジュリアって、ピーナッツのアレルギーだから」

ラジャーは、腹《はら》が立ってしかたなかった。からだじゅう怒《いか》りでいっぱいになって、いまにも両方の耳がポンッと飛びだし、シューッと湯気がふきだしそうだ。それなのにアマンダったら、べらべらしゃべりつづけるだけ。

「ごめんなさいも、いわないつもりなのか！」アマンダが、やっと息をついだとき、ラジャーは大声でどなった。

アマンダは、口をぽかんとあけてラジャーの顔を見た。

「なんのこといってんの？」ママに聞こえないように声をひそめて、アマンダはきいた。

「ごめんなさいっていえって、どういうこと？」

こんどはラジャーが、口をぽかんとあける番だった。こんなにまでしたのに、午前中いっぱい口をきいてやらなかったのに、あんなに冷たくしてやったのに、どうしておこっているかわからないなんて、そんなのあり？　気がつきもしないのかよ。

「ねえ、なんのことよ？」アマンダは、ささやく。

「ゆうべのこと」

「ああ、あれか！」アマンダは、軽く手をふった。「だったら、とっくにあんたを許《ゆる》してあげたから」

ラジャーはかっとして、じだんだをふんだ。

「ちがう、ちがう、ちがうってば」奥歯《おくば》をギリリとかむ。「それって、ちがうじゃないか。アマンダが、ぼくのことを許すんじゃない。そんなの、おかしいよ」

「おかしいなんて、あんたにわかるの？」アマンダは、そっけなくいう。もう、この話にあきたらしい。「あんたはあたしが頭のなかにこしらえたお友だちだよ、ラジャー。その逆《ぎゃく》はありえないの。あたしは、あんたより何年も長く生きてるんだからね。あんたなんか、生まれてから二か月と三週間と二日しか、たってないじゃない。だから、なーんにもわかっちゃないの。あたしがいろんなことを考えたり、想像したりするのをやめちゃったら、あんたなんか……たぶんだけど……、すうっと消えるかどうかしちゃうんじゃないの」

「アマンダ、だいじょうぶ？」ママが運転しながらきいた。

「はあい、ママ！」アマンダは、元気よく答える。

「そんなのウソだ。ぼくが消えるはずないじゃないか」たぶんね……と思いながら、ラジャーはいいかえした。

「ウソじゃないもん」アマンダが、声をひそめていう。

「ふんっ！」

ママが、車をとめた。プールに着いたのだ。

「アマンダ、リュックを忘《わす》れないでね」

アマンダはシートベルトをはずしてから、足のあいだに置いてあったリュックサックを手に取った。ドアをあけて、外へ出る。

ラジャーもずずっとすべって、おなじドアから外へ出た。ふたりは、二台の車のあいだに立った。

「ここで待ってて、アマンダ。ちょっと車を見ててね。あそこの販売機《はんばいき》で駐車券《ちゅうしゃけん》を買ってくるから」

ママはバッグを肩《かた》にかけると、駐車券を買いに自動販売機に向かった。

ラジャーは、車のあいだから一歩出た。さっきの口げんかは、ラジャーのほうがぜったいに正しかったのに、しりきれトンボになってしまった。こうしてふたりっきりになったのだから、そのままで終わらせたくなんかない。

「アマンダがそう思ってるんならさ」ラジャーは、自分が考えたり想像したりするのをやめたら、あんたは消えてしまうというアマンダの言葉をむしかえした。「だったら、実験してみようか。ぼくはちょっとあっちに行く。で、アマンダがいなくたって消えないって証明《しょうめい》してみせるから」

ラジャーは通路を横ぎって、向かい側にとまっている二台の車のあいだに立った。アマンダにも見えるように、両手をあげる。

「ほうら、まだ消えてないよ」

「バッカみたい。やめなよ、ラジャー」アマンダは、手を上げて招《まね》いた。「こっちへもどってきたら」

「いや、ごめんなさいっていうまで、ここにいるんだ」

アマンダは、ため息をついた。それから深く息を吸《す》いこむ。ラジャーを失いたくない。ヴィンセントとジュリアも仲良しだけれど、親友と呼《よ》べるのはラジャーだけだ。わくわくするような大冒険《だいぼうけん》は、ラジャーとしかできない。頭のなかでこしらえた、ほかの人には見えないお友だちだけとしか。ほかの子もいっしょにやろうねといってくれるけど、そんなのはただの「ごっこ」にすぎない。本当の冒険がいっしょにできるのは、ラジャーだけなのだ。

「ごめん」と、アマンダはいった。「おこらせちゃって、ほんとにごめんね」

それからアマンダはすごい勢《いきお》いで、ラジャーといっしょにトラや宇宙人《うちゅうじん》からにげだしたときに役立った猛《もう》ダッシュで、車のあいだから通路に飛びだした。友だちだよというしるしに、ラジャーの腕《うで》をパンチするつもりだった（アマンダは、ハグをするような女の子じゃないからね）。

ラジャーのところにたどりついたしゅんかん、古びた青い車がキイッと音をたてて煙《けむり》をあげ、がたっとふるえてとまった。まさに、たったいまアマンダがいた場所に。アマンダの足がおそかったり、いっしゅんおくれてスタートしてたりしたら、ひかれてぺしゃんこになっていただろう。ラジャーに一発お見舞《みま》いするどころか、アマンダのほうが危機一髪《ききいっぱつ》だったのだ。

アマンダの心臓《しんぞう》は、いままでにないはやさでドキドキと鳴っていた。胸《むね》のなかで、早鐘《はやがね》を打っているようだ。そんなに遠くまで走ったわけではなく、ほんの数メートルだったのに、奇妙《きみょう》なことだが信じられないほど息を切らしている。

ふいに、ぞくぞくと寒気《さむけ》がした。太陽が雲の後ろにかくれてしまったように。目を上げると、たしかに太陽は雲にかくれている。

「ア、アマンダったら」ラジャーは、アマンダのからだに腕《うで》をまわした。「あの車……あの車に……もうすこしでひかれちゃうとこだったじゃないか」

「お嬢《じょう》ちゃん」青い車の運転手がおりてきた。心配そうに、声をふるわせている。「お嬢ちゃんが飛びだすの、見えなかったんだよ。ほんとうにびっくりした。おそろしかったよ。だいじょうぶかね？　けがは、しなかったかい？　お母さんは、近くにいるのかね？」

ふたりがそろって目を上げると、大柄《おおがら》で、つるっぱげの男が、車のあいたドアに片手《かたて》をかけて寄りかかっていた。赤い口ひげが、話すたびにふかふかとふるえ、派《は》手《で》なアロハシャツが、灰色《はいいろ》にしめった朝の空気に、なんとも不似合《ふにあ》いだ。

「あの男だよね？」

ラジャーがきくと、アマンダは息をのんで「うん」といった。それから、男に向かって大きな声でいった。「ママは、すぐにもどってくるの。駐車券《ちゅうしゃけん》を買いにいってるから。あたしをひかないでくれて、ありがとう。でも、だいじょうぶよ」

男は、うなずいた。「けっこう。なんともなくて、ほっとしたよ。お嬢ちゃんをけがさせようなんて、思ってないからね。じつをいうと、あいにく、お嬢ちゃんにはまったく興味《きょうみ》がないんだ。だけど、わたしには、あんたのお友だちが見えるんだよ」

男は、ラジャーの顔を見た（ラジャーは、大人に見られたことは一度もない。ふいに胸《むね》がむかむかしてきた）。

「それと、あそこの駐車券の販売機《はんばいき》だが……」たしかバンティング氏という名前だとアマンダは思い出したが、その男は爪先《つまさき》で立って、しきりに駐車している車の向こうをうかがっている。「……ずいぶん長い行列ができてるようだね。お母さん、しばらくはもどってこないだろうな」

そのとき、どうして後ろをふりかえったのか、ラジャーは自分でもわからない。砂利《じゃり》がキシキシ鳴ったからではない。駐車場に砂利はなかったから。風に乗ってきた香《かお》りのせいでもない。その子は香水《こうすい》はつけていなかった。ふいに心臓《しんぞう》がずしりと重くなったからでもない。なぜなら……いや、たぶんそんなところだろう。理由はともかく、さっとラジャーがふりかえると、駐車《ちゅうしゃ》している車のあいだに例の少女がいたのだ。

少女は、車が壁《かべ》のように並《なら》んでいる通路のいちばん端《はし》に、じっと立っている。ラジャーたちの前には、バンティング氏が立ちはだかっている。にげ道をふさいで、はさみうちするつもりだな。そんなことさせるもんか。

「にげろ！」ラジャーはさけぶなり、アマンダを大きな男のわきにおしだした。「ママのところに行くんだ！」


ラジャーのさけび声を聞くやいなや、アマンダは後ろも見ずにバンティング氏の青い車の横を走りぬけた。雨にぬれた青いボンネットに手をすべらせて、ママの車と横の車のあいだをつっ走り、駐車券《ちゅうしゃけん》の自動販売機《はんばいき》を目指す。ママのところに向かっていると知ったら、あの男も女の子も追いかけてなんかこないよ。ママといっしょにいさえすれば、ふたりともだいじょうぶ。そうだよね、ラジャー？

ところが後ろをふりかえると、走っているのは自分だけだ。ラジャーがいない。

アマンダはちょっと立ち止まった。だれもいない。だれも追ってきていない。ラジャーだけでなく、あの男と少女も。


ラジャーは、アマンダをにげろとおしだしてから、自分もあとにつづいて、気味の悪い二人組からにげるつもりだった。ところが、一歩ふみだすまえに冷たい手に手首をつかまれてしまった。

黒髪《くろかみ》の少女が、なんとも信じられないはやさで動き、いっしゅんのうちに縦《たて》に並んだ二台の車の横を通りぬけて、ラジャーの手首をぎゅっとつかんだのだ。少女をけとばしたが何の役にも立たず、すぐにもう片方《かたほう》の手首もつかまれてしまった。

いくらもがいても、少女の冷たい手が力を吸《す》いとっていく。からだの動きを止める、おそろしい薬を注射《ちゅうしゃ》されたように。水から陸に上げられた魚が、乾《かわ》いた土の上で力なくもがいているように。そのままラジャーは地面にぐったりと倒《たお》れ、土ぼこりにまみれた。

気がつくと、水たまりのなかにひざをついていた。両方のひざが冷たかったが、ラジャーの胸《むね》のなかも、それにおとらずしんしんと凍《こご》えていた。少女をおしのけようとしたり、けとばしたりしたが、気持ちだけは勇敢《ゆうかん》で男らしくても、少女相手ではサメに立ちむかうクラゲのようなものだ。

そして、顔の上に影《かげ》が落ちた。

あの男、バンティング氏が靴《くつ》ひもを結びなおしているような姿勢《しせい》でひざをついてラジャーをのぞきこんでいる。口ひげが、ふかふかとふるえていた。変なの、とラジャーは思った。せっぱつまった、まさしく命のせとぎわのようなときなのに、なんでこんなことに気がつくんだろう。バンティング氏の口ひげがふるえている。どうして？　しゃべってもいないのに……。

しゃべるかわりに、バンティング氏は大きく口をひらいた。ふつうの人にはとてもできないくらい大きく、あごの骨《ほね》をはずしたヘビのように口をひらき、熱い息をラジャーの顔に吹《ふ》きかけてくる。砂漠《さばく》は、きっとこんな臭気《しゅうき》がするのだろう。乾《かわ》きって赤茶けた、スパイスたっぷりのくさったようなにおいだ。臭気はしめった空気を切りさき、灰色《はいいろ》の空や水たまりのあるアスファルトをおしのける。ラジャーの世界は、臭気でいっぱいになった。

大きく、気味悪くひらかれたバンティング氏の口のなかが見える。バンティング氏の歯は、ふつうの人のそれとはちがっていた。どの歯もそっくりおなじに四角く、ぶつっと切れていて、ぐるぐるとうずを巻《ま》きながら並《なら》んでいるのだ。びっちりときれいに並んだ歯のうず巻《ま》きは、頭の奥《おく》の奥までつづいている。白いタイルにすっかりおおわれたトンネルが、遠くまでつづいているみたいだ。いちばん奥《おく》には、ピンでつついたほどの暗闇《くらやみ》が見える。そんなに遠くまでトンネルがつづいていたら、バンティング氏の後頭部をつきやぶってしまうのでは？　だが、もちろんそんなはず

はない。そんなバカみたいなことはありえない。そのかわりにトンネルは、どこかほかのありえないところにつづいている。ラジャーにはわかっていた。

ふいに、ラジャーの顔に静かに吹《ふ》きつけていた、乾《かわ》ききった、スパイスたっぷりの風が消えた。バンティング氏が息を吐《は》くのをやめ、大きく息を吸《す》いこみはじめたのだ。少女がラジャーをつかまえていた手を放し、いそいで飛びのく。ラジャーは、車輪の冷たいホイールキャップにもたれかかったまま、アスファルトにぐったりとのびていたが、ふいに自分のなかのなにかが引きあげられるような、風に乗ってぐいぐい引っぱられるような感じがした。

まわりの世界がぐるりとまわった。果てしなく遠くまでつづいているトンネルに代わって、バンティング氏の口は穴《あな》、落とし穴、エレベーターのシャフトあるいは井戸《いど》になり、その縁《ふち》からラジャーはいまにも落ちそうだ。

そのとき、よく知っている、大好きな声が、自分の名前を呼《よ》ぶのが聞こえた。

アマンダがふりかえると、バンティング氏がラジャーにおおいかぶさっていた。あの気味の悪い、口をきかない少女は、横にうずくまって無表情《むひょうじょう》な目つきでふたりを見守りながら、ゆっくりと両手をこすりあわせている。

すぐさまアマンダはかけよって、バンティング氏の足首を力いっぱいけった。それも二回。バンティング氏は、ハアハア息をつきながら身を起こそうとした。片手《かたて》をのばして、横にとまっている車のバンパーに置く。重さに耐《た》えかねた車がギイギイときしんでふるえる。おもむろにふりかえったバンティング氏はぼさぼさの口ひげの下で、にやりと笑った。

「もどってきたんだな、アマンダちゃん」バンティング氏は、ゆっくりと、おそろしい声で名前を呼《よ》ぶ。「なんてやさしいお嬢《じょう》ちゃんだろう。なんとも親切なこった」

ラジャーはもがいて立ちあがると、バンティング氏の足の横をまわり、アマンダの腕《うで》をつかんだ。そして、ふたりでにげた。いっしょに走った。

バンティング氏と少女からにげなければ。車のあいだをかがんで走りぬけ、アマンダが来たほうへ、駐車券《ちゅうしゃけん》の自動販売機《はんばいき》を目指してつっ走る。

アマンダには、あたりを見る余裕《よゆう》はなかった。だが、左手に駐車《ちゅうしゃ》している車のあいだを、なにか黒いものが、おそろしいスピードで宙《ちゅう》を飛んで、ふたりに並《なら》んでついてきている。

あの少女だ！　でも、さっきとちがってラジャーは自分の前を走っているからだいじょうぶ。走りつづけなければ。ママのところに行かなければ。頭の上で雷鳴《らいめい》がとどろき、最初の雨粒《あまつぶ》が顔を打ったが、ふたりはいちもくさんに走った。そして、最後の二台の車のあいだから飛び出したそのとき、右手から、車がゆっくりと走ってきた。スピードを出さずに、ただゆっくりと駐車場のなかを走ってきただけだったが、ときにはそんなスピードでもじゅうぶんなことがある。

ラジャーは車のボンネットにぶつかり、地面に転がった。片方《かたほう》のひじを打ち、ひざをすりむいたが、けがはしていない。それほどひどくは。立ちあがって、ジーンズの砂利《じゃり》をはらい、あたりを見まわす。

「アマンダ、アマンダ！」

アマンダは、地面に倒《たお》れていた。アマンダも車にはねられたのだ。頭のまわりのアスファルトに濃《こ》い色のものがたまっている。アマンダは、目をつぶっていた。左腕《ひだりうで》が頭の上に、妙《みょう》な角度で投げだされている。おだやかな顔をしていたが、なんだかようすがおかしい。ラジャーは、はっとした。息をしているように見えないのだ。

それとも、息をしているのだろうか？　ラジャーには、わからなかった。

ラジャーがかけよるより先に、まわりの人たちがアマンダを囲んだ。

車を運転していた女の人も、ドアをあけて、よろよろと出てきた。

「前に飛びだしてきたのよ……急にとめられないもの……ぱっと飛びだしてきたから」

女の人の顔は、真っ青だ。ほおには、涙《なみだ》がつたっている。

だれかが、救急車を呼《よ》んだ。アマンダの胸《むね》に耳を当てている人。妙なぐあいに曲がっていないほうの手首をにぎって脈を調べている人もいる。アマンダとラジャーが走ってきたほう、にげだしてきたほうを指さして、なにかいっている人もいた。

雨は、ますますはげしくなってきた。

そして、アマンダのママが来た。泣きながら、アマンダを抱《だ》きあげている。だれかが動かさないほうがいいと止めたが、ママはアスファルトにひざをついて娘《むすめ》を抱き、髪《かみ》をなでつづけている。

そのあとは人の群《む》れにさえぎられて、アマンダは見えなくなった。みんなにはラジャーの姿《すがた》が見えないから、おしだされて、ずっと後ろに行かされてしまったのだ。

そして救急車が到着《とうちゃく》し、アマンダは運ばれていった。

5

ラジャーのまんなかに、ぽっかりと穴《あな》があいた。心臓《しんぞう》があったところ、あるいはあっただろうなと思うところだ。いや、アマンダがそう思っていたところかもしれない。ラジャーはすっかりからっぽになってしまい、空《あ》き缶《かん》のようにカランという音がこだましているだけだ。

あたりを見まわすと、まだ駐車場《ちゅうしゃじょう》にいるのに気づいた。救急車は、とっくの昔に去っていってしまった。バンティング氏と少女も消えている。たぶん、群衆《ぐんしゅう》に恐《おそ》れをなしたのだろう。駐車場の車も、ほとんどいなくなってしまった。アマンダのママの車は、まだとめてあった。いっしょに救急車に乗っていってしまったからだ。また、車をとりにくるのかな？　こんなおそろしいことが起こったとき、みんなはいったいどうするんだろう？

ラジャーには、わからない。

わからないことは、山ほどあった。だいいち、家に帰る道がわからない。なにより自分には家と呼《よ》べるものがあるのかどうかもわからない。アマンダがいなくても、迎《むか》え入《い》れてもらえるのかどうかも。自分のことが見えるアマンダがいなかったら、あの家にいたってどうしようもないのでは？

アマンダのママは、だれもいない家でどんなふうに過《す》ごすのだろう？　ひとりぼっちでいるのは、おそろしいことにちがいない。ラジャーは、廊下《ろうか》の壁《かべ》にかかっている、アマンダとママの写真を思いうかべた。それからママと、亡《な》くなる前のパパが写っている一枚《まい》も。パパが亡くなったのは、アマンダが生まれるちょっと前のことだ。それから、アマンダのおじいちゃん、おばあちゃんと、おじさんやおばさんの写真。みんな、ほかの人たちの写真だ。自分の写真は、一枚《まい》もない。ラジャーの写真は、一枚も。

ぼくの姿《すがた》が見えるアマンダがいないんだったら、もうぼくの家なんていえないよね？

ラジャーは、両手を上げてみた。まだ、透《す》きとおってはいない。完全には。アマンダがいったように、あっさり消えてはいなかったが、たしかに両手はぼんやりとしてきている。前より薄《うす》くなってきたような。なにやら全体が煙《けむ》っているような気がする。手をさっと動かすと、薄い煙《けむり》のような跡《あと》がひとすじ残った。

気がつかないうちに、日が暮《く》れていた。雲はとっくに消えてしまい、夕日がプールの向こうに沈《しず》みかけている。アスファルトの上に、影《かげ》がしのびよってきていた。このまま駐車場《ちゅうしゃじょう》にいても、ここで起こった出来事が映画《えいが》のように頭のなかでくりかえされるだけだ。駐車場から出なくちゃ。まっすぐにこのことに向きあって、これからどうすればいいか考えて、つぎになにをするのか思いつくためには、ここから出なくちゃだめだ。

なにかをしなければいけないと思いながら、そのなにかがさっぱりわからない。だからラジャーは、むちゃくちゃに走った。

最後に残っていた何台かの車の横をかけぬけ、プールから帰る人たちのあいだを縫《ぬ》っていく（その人たちにラジャーの姿《すがた》は見えなかったが、渦巻《うずま》く風が吹《ふ》きぬけていくのを感じて、灰色《はいいろ》の火薬のにおいがあたりにかすかに漂《ただよ》っているのはなぜだろうと首をかしげた）。

ラジャーは、大きな建物《たてもの》のわきの道を走った。肺《はい》は燃《も》えるように熱かったし、足も痛《いた》かったけれど、とにかく走りつづける。頭の上にはウォーターシュートのらせん形のすべり台が見え、反対側にはきれいに整えられた花壇《かだん》があった。足元で、砂《じゃ》利《り》がギシギシと鳴る。地面のくぼみをよけ、水たまりを飛びこえていくうちに、気がつくと芝生《しばふ》の上を走っていた。

　ラジャーが走ってきた道の先の、プールの裏《うら》にあたるところが公園だったのだ。見わたすかぎり緑で、大きくて、さえぎるものもなく、すがすがしく広がっている。ラジャーは、ほんの数秒だけ心が浮《う》きたった。ここは、ぜったいにアマンダにぴったりの場所だ。アマンダの想像力を借りれば、公園はたちまち巨大《きょだい》な新しい世界にすっかり生まれ変わるだろう。ラジャーは走るのをやめて、ひざをついた。いくらじっと公園を見つめても、なにかに生まれ変わってほしいと望んでも、公園は公園のままだった。ラジャーの頭には、アマンダが持っているようなひらめきがない。新しい世界を思いうかべるだけの想像力がない。

　手の先が、ほんのかすかにちりちりっとする。今まで、こんな感じはしたことがない。ああ、ぼくは新しい世界どころか、自分がどんな子なのか想像する力だって持ってないんだと、ラジャーは思った。だって、ぼくは自分自身を想像する力さえ持っていないんだもの。

　両手を上げると、手のひらを透《す》かして木々の輪郭《りんかく》が見える。うっすらと、木の葉の緑も。灰色がかってぼんやりしているけど、緑にはちがいない。ラジャーは、たしかに消えかけていた。アマンダが考えたり、思い出したり、夢見《ゆめみ》たりしてくれるから、ラジャーはこの世界に存在《そんざい》しているのに。アマンダがいなくなってしまったら、するするとこの世界からすべりおちていくしかない。

ラジャーは、忘《わす》れさられようとしている。消えかけている。蒸発《じょうはつ》しかけている。

木陰《こかげ》に歩みよって、厚地《あつじ》のパッチワークのような木の幹《みき》を指先でさわってみた。見るからに、ざらざら、ごつごつしていて硬《かた》そうなのに、まるでマシュマロにふれているみたいだ。かすかになって、消えかけている指先には、もう感覚がなくなってきている。

木の幹にもたれて、芝生《しばふ》の上にくたくたとすわりこんだ。気持ちがいい。枕《まくら》に寄りかかっているみたいだ。

すでにラジャーは、頭からつま先まで薄《うす》くなり、消えかけていた。

眠《ねむ》い。どんどん眠たくなる。

目をつぶった。

消えてしまうのって、どんな感じがするのだろう？　すっかり、影《かげ》も形もなくなってしまうのって？

すぐにわかるさ。ラジャーは、そう思った。うん、もうすぐわかる。

「わたしには、おまえが見える」その声はいった。

ラジャーは、顔を上げた。

だれがいったんだろう？

最初は、黒い影《かげ》しか見えなかった。木の下は、どんどん闇《やみ》が濃《こ》くなっていた。夜の帳《とばり》が下りかけているせいで、そのネコは闇のなかの、闇よりいっそう黒い、ネコの形の影ぼうしになっている。

えっ、ネコって？

いま話しかけてきたのは、ネコだったの？

ラジャーは、返事をしなかった。ネコに、どんなふうに話したらいいか、わからなかったから。

「そこの男の子。おまえのことが見えるといったんだよ」

寄りかかっていた木が、ふいにごつごつと背中《せなか》に当たる。クッションのようにふかふかしていたのが、いつものがさがさした木の幹《みき》にもどったのだ。ラジャーは、両手を上げてみた。夕暮《ゆうぐ》れの薄明《うすあ》かりでは、はっきりとはわからなかったが、見た感じも、指先の感触《かんしょく》も、またほんものの手になった。指先が煙《けむり》のようにたなびいたり、もやのようにぼうっとしたりもしていない。

「ぼくのことが見えるの？」ネコに話すなんて、ちょっぴりバカみたいだなと思いながら、ラジャーはきいてみた。

「ああ、見えるとも」ネコは、答えた。

「だけど、ぼくはだれにも見えないんだよ」

「見えるものもいるにちがいない。いままでずっと見てきたものもな。おまえのような連中を、わたしは知っているんだ。おまえが何者かということを」

「きみは、だれなの？」ラジャーは、きいた。「っていうか、なんなの？」

「わたしか？　わたしはジンザンだ」

「ジンザン……」ラジャーは、聞いたことのない名前をオウムがえしに唱えた。

「さよう」ネコはいう。「そして、おまえには名前があるのかね？　ただ『そこの男の子』と呼《よ》ぶこともできるが、この世界に男の子はどっさりいるから、まぎらわしくてならん」

「ぼくは、ラジャーだ」と、ラジャーは答えた。

「うむ」

ネコがどんな表情《ひょうじょう》をしているか見られたらいいのにと、ラジャーは思った。暗すぎて、なにも見えないのだ。ネコの声はいかにもえらそうで、ちょっとばかり退屈《たいくつ》しているようだった。ここでないどこかへ行きたいとか、もっとおもしろいことをしたいと思っているような。ネコが本当に退屈しているのか、ここよりもっとよい場所を知っているのか、それともネコというものが、そんな声をしているだけなのか、ラジャーにはわからない。だいたいネコがしゃべるのなんか、聞いたこともなかった。ラジャーの知るかぎりでは、そんな人はいるはずがない。

もしかしたら、だれかのいたずらかな？　でも、そんなことをする人なんかいる？　いたずらするには、姿《すがた》が見えなきゃいけないけど、いままでに見えたのはアマンダだけだし（それと、バンティング氏……思い出しただけで、ぐらりと倒《たお》れそうになる）。

アマンダのことを考えたとたんに、自分がまたうっすらとなりはじめたのを感じた。

「おいおい、いかんぞ」ジンザンがいう。「わたしは、おまえの存在《そんざい》を信じてるんだからな。それから、わたしは、おまえを『薄《うす》くなって消えてしまう』ような目にはあわせない」

ジンザンは「薄くなって消えてしまう」という言葉を、病気かなにかのようにやけに強調していっている。「これからは、なかなかやりにくいだろうな。忘《わす》れられるっていうのはな。だが、おまえたちのような連中には、おそかれはやかれ起きることだ。さあ、ついてこい。わたしといっしょに行こう」

「忘れられてなんかいないぞ」ラジャーは、ちょっとばかり腹《はら》が立った。「ぼくは、忘れられたんじゃないんだよ」すぐにそっといいなおした。いままで起こったことは、ネコのジンザンのせいではない。「忘れられる」という言葉がラジャーの胸《むね》に重くのしかかっていたから、ついきつい声でいい返してしまったのだ。「事故《じこ》があったんだ。アマンダが車にひかれて、それで……」そこで息をつき、いおうと思っていた言葉にたどりついたが、口ではちがうことをいっていた。「……けがをしたんだ」

ジンザンは、なんにもいわない。

「ぼく……」いいたくない、でもいいたい、やっぱりいわなければならない言葉を探《さが》して、ラジャーは、とぎれとぎれにいった。「ぼくは……アマンダは……死んだと思ってる。救急車で、つれてかれたんだ。それで、ぼくはひとりぼっちになった」

「ちがうな」ジンザンは、気楽な調子で答えた。「だれかが死んだとき、なにが起こるか、わたしはずっと見てきた。おまえのような連中がどうなるかということをな。人間が死ぬ。とたんに、おまえたちは跡形《あとかた》もなく消えてしまう。バタンとドアをしめたように。あっというまにな。だが、おまえは……おまえは、ただ『薄く』なってるだけだ。薄くなるというのは、忘《わす》れられているということ。ただ、それだけの話だよ」

ラジャーの心臓《しんぞう》は、ふたたび鼓動《こどう》をはじめた。「アマンダが、生きてるって?」

「それはたしかだ。さもなければ、おまえとこうして話などしていない」

「じゃあ、見つけにいかなきゃ。ぼくは、どうしてもアマンダのところに行かなきゃいけないんだ」

「それで、どうやって行くんだね? おまえのような、たよりないチビが。五分間もひとりぼっちでいれば、風に乗って飛んでいってしまうぞ。わたしは、あいにくいそがしいから、その女の子を探《さが》しにいってやるひまはないが、おまえをこのまま放っておいて、どんどん薄《うす》くしてしまうわけにもいかん。わたしは、血も涙《なみだ》もないネコじゃないからな。これから、安全なところ、おまえの役に立つところにつれていってやるよ」

そういい残すと、ジンザンは木の下の暗闇《くらやみ》から出て、丈《たけ》の高い草のなかを急ぎ足で歩いていく。一度も後ろをふりかえって、ラジャーがついてくるかどうかたしかめたりしない。

どうすればいい？

うん、ネコのいうとおりにするほかないな。

ラジャーは、もぞもぞと立ちあがると、ジンザンのあとをついて歩きだした。


ジンザンを追って公園をぬけ、門から道路に出た。

「ねえ、もっとゆっくり歩いてよ」ラジャーは、ジンザンに声をかけた。

ジンザンは知らん顔で、トコトコ歩いていく。

そのままジンザンは、歩行者の足のあいだを気づかれずに縫《ぬ》っていくと、けばけばしい明かりで照らされたケバブ店の向かいにある路地に入っていく。路地の入り口にある水たまりに、紫色《むらさきいろ》の明かりが映《うつ》っていた。

ラジャーも急ぎ足で、ジンザンについていった。追いついたとたんに、ネコがいないなんてことになったら。そしたら、ラジャーはつぎになにをしたらいいかわからないまま、路地で迷子《まいご》になってしまう。

でも、ネコはちゃんといた。路地のゴミバケツの上にすわって、耳のあたりを両方の手でなでている。

街灯のちらちらする明かりが、ゴミバケツとネコの上にぼうっとした光を投げかけていた。ラジャーは、はじめてネコの姿《すがた》をはっきりと見ることができた。このネコはぼくの……ぼくのなに？　新しい友だち？　それとも、救い主かな？　でなきゃ、またもやふりかかった厄介《やっかい》ごと？　ラジャーには、さっぱりわからなかった。

声の調子からすると、ジンザンは上品なネコで、紳士《しんし》というか貴族《きぞく》のような感じがしていた。ラジャーがネコの種類にくわしければ（あいにく、そうではなかったが）、シャムネコか、バーミーズを思いうかべたことだろう。けれども、ラジャーの目の前にすわっているのは、勇んで戦いに行ったものの負けてしまったネコを何《なん》匹《びき》か集め、そのネコのあちこちを拝借《はいしゃく》してぬいあわせた代物《しろもの》のように見える。

毛がもつれたところもあれば、ごっそりぬけたところもある。しっぽは、まんなかのところから直角に曲がっている。右目は赤く、左目は青い。茶色い部分や白い部分があるが、そのほかのところは、まず風呂《ふろ》に入れてみなければ、どんな色か想像もできない。そうはいっても、ジンザンのようなネコを風呂に入れるには、大変な労力と、大量の石けんと、とびきりの勇気がいることだろう。

上品なしゃべりかたとは裏腹《うらはら》に、じっさいに見たジンザンは、まさに野蛮《やばん》で、粗《そ》

野《や》で、凶暴《きょうぼう》な感じがした。知りあいになるには、危険《きけん》すぎるネコだ。

そして、ラジャーは悟《さと》っていた。というより、いろんなことを考えあわせると悟らざるを得なかったのだが、この世界にいるラジャーの知りあいは、ネコのジンザンのほかにはいないのだ。ふたたびアマンダのところにもどれる、その日までは。

「で、どうするの？」

「わたしが、おまえを安全なところにつれていってやる」

あたりまえだといわんばかりの答えだ。

「それって、どこなの？」

「ああ、このあたりなのだがな」ジンザンは、なにかを探《さが》しているように、ゆっくりと路地を見まわした。「正しい時間に、正しいドアを見つけなければならん」

「どういうこと？」

ジンザンは、あくびをした。歯が黄色く光る（まだぬけてない歯が……ということだが）。

「質問《しつもん》が多すぎるぞ」それからまた、あくびをする。「ラジャー、わたしは単におまえを助けているだけだ。聖書《せいしょ》に出てくる親切な隣人《りんじん》、良きサマリア人ってところだな。もしきかれたら、そう答えるだろう。どうだね、わたしはそんなふうに見えるかね？」

「わからない」と、ラジャーはいった。「だから、きいたんだ。アマンダだって、いつも質問してるよ」

「それで、いつも答えてもらってるかね？」

ラジャーは、考えた。

「ううん、いつもってわけじゃないな」

「それで、答えてもらえないときは、どうする？」

「アマンダは、自分で答えをこしらえちゃうんだ。いっつもね」

ジンザンは、声を上げて笑った。奇妙《きみょう》な笑い声で、ゴロゴロのどを鳴らすのと咳《せき》ばらいのあいだみたいだったが、意地の悪いものではない。

「だからこそ、その子はおまえのことを想像してつくりあげたんだよ」と、ジンザンはいった。「質問に対する答えのように、その子にはおまえという答えしかなかったのさ」

ジンザンは、ひげをぴくぴく動かしながら肩《かた》をなめてから、ゴミバケツから飛びおりた。

「来い。ドアがあくにおいがした。わたしについてくるんだ」

そういうとジンザンは、路地に走りこみ、闇《やみ》に消えた。


ひとつの路地がべつの路地へ、その路地が三番目の路地へ、そして三番目から四番目へ進んでいく。

先に立っていくジンザンの姿《すがた》は見えにくかったが、ちょうどいいタイミングで「来い」とか、「こっちだ」とか、「おまえが見えるぞ」とかいってくれるので、ラジャーは迷《まよ》わずについていくことができた。

すごく変なの、とラジャーは思った。なんだか走っていく路地が多すぎやしないか。路地って、けっきょくどこかに行きつくものなんじゃないの？　また、大きな通りに出るとかさ……。けれどもジンザンについていくと、路地が路地へ、その路地が、またべつの路地に通じているようなのだ。とはいえ、あたりは真っ暗で夜もふけていたし、つかれきっていたし、本当にひどい一日だったから、ラジャーは疑《ぎ》問《もん》を頭のすみにおしやって、ひたすらネコのあとについていった。

だが、たったひとつだけ、たしかにわかっていることがあった。それは、すでに迷子《まいご》になっていたとしたら、いまはもう、めちゃくちゃわけがわからなくなっていただろうということだ。

「着いたぞ」ジンザンは、ふいに止まった。

「着いたって、どこへ着いたの？」

はじめにジンザンのあとについて走りこんだ路地と、まったくおなじじゃないか。路地の入り口に見える道路だって、さっきのところだ。向かい側に、ケバブの店のネオンサインが見えている。

「おまえを新しい人生に導《みちび》くドアに着いたということだよ」ジンザンは前足をなめ、その足で鼻面《はなづら》をこすっている。

「ドアって？」ラジャーは、あたりを見まわした。「ぼくには見えないけど」

「そうか」ジンザンは、しっぽをなめながらいう。「だが、わたしには見えるぞ」

ジンザンがそういうと、ひと筋《すじ》の光が命を得たようにちらっと差しこんで、ラジャーの横の壁《かべ》を照らした。光のなかに、粗末《そまつ》な木のドアがある。ドアは、ほんの少しだけあいていたが、なかのようすはまったく見えない。

「そこから入るんだ」と、ジンザンはいった。「いつまでもおまえを見ていることはできんからな。わたしには、しなければならんことがある。大事な仕事だ。ネズミのにおいがするんだよ。早く取りかからなければ。さあ、行くんだ。なかに入れ」

ラジャーは、おそるおそるドアをおしあけた。

そこは、古い屋敷《やしき》によくあるような廊下《ろうか》だった。ちっちゃな青い花を散らした壁《かべ》紙《がみ》が貼《は》ってある。床板《ゆかいた》が、ラジャーの足元でキイキイ、ギイギイと悲鳴をあげた。背後《はいご》の、ほんの少しあいたドアからひんやりしたすきま風が入ってくるが、廊下はあたたかく、なんだかかびくさい。古いもののにおいだなと、ラジャーは思った。それも、毛むくじゃらのもの。暖炉《だんろ》の前でいびきをかいている、しめった犬みたいなにおいだ。

廊下のつきあたりには、二番めのドアがある。やはり少しだけあいていて、かすかにチリンポロンと音楽が聞こえてくる。ラジャーは、前へ進んだ。進むか、路地に引きかえすか、ふたつにひとつしかないが、ネコのジンザンは、もう路地にはいない。ラジャーを待っていたりしないと、はっきりいっていたから。

ラジャーは、さらに進んだ。

まだかすかだが、たしかに音楽が鳴っており、べつの音も聞こえてくる。声だ。遠くで、声がしている。なにをいっているか、ひとことも聞きとれなかったが、どこかにだれかがいるのはたしかだ。

ラジャーは、床にすわりこんで壁にもたれかかると、じっと耳をすました。

こわかったのだ。

アマンダには、ずっとラジャーが見えていたけれど、アマンダの友だちは、だれひとりとして見ることができなかった。アマンダのママにも、見えなかった。家の両わきに住んでいる人たちには、ぜったいに見えていなかった。ラジャーは、一度ならず塀《へい》を乗りこえて、ボールや、フリスビーや、パチパチと炎《ほのお》をあげているダイナマイトをとりにいったが、まったく声をかけられたことはなかった。あのドアを入って、そこにいる人たちみんなに無視《むし》されたら、いったいどんな気持ちになるだろう？　もっと悪ければ、あそこは、たったひとりラジャーを見ることができる、バンティング氏の部屋かもしれないじゃないか？

ジンザンは、ここに来れば安全だといった。だけど、ジンザンはネコだよ。いったいネコなんかになにがわかるっていうんだよ？

ちょっと待ちなよと、ラジャーは自分にいいかえした。あのネコには、ぼくが見えたんだぞ。それで、ぼくが薄《うす》くなって消えていくのを、止めてくれたじゃないか。アマンダのことを話してくれて、まだ生きていると教えてくれたんだ。あのネコを信用しなくちゃいけないんじゃないか？

ラジャーは、立ちあがった。立ちあがることは、できた。もしアマンダだったら、そのあとどうするだろう？　たぶんあれやこれやと文句《もんく》をいうだろうけど、ぜったいあのドアから入って、ドアの向こう側にあるものと立ちむかうにきまってる。よし、アマンダみたいにしよう。いままでふたりでやってきたように、思い切ってやってみるんだ。ラジャーは、ドアをおした。

カチッという音がしてとじてしまった。

もう一度おしてみたが、びくともしない。

今度はハンドルをにぎって引っぱるとドアがあいた。と、ラジャーの目の前に、思ってもみなかった光景が広がっていた。

6

なんとそこは、図書館だった。

アマンダから図書館のことは聞いていたけれど、ラジャーは一度も行ったことがなかった。アマンダがいうには「雨の日には、いちばんいい場所なんだ。本を読むのって、冒険《ぼうけん》してるみたいでしょ」。そして、アマンダは冒険がだいすきだった。

さっきから聞こえている音楽が、大きくなった。古い蓄音機《ちくおんき》でレコードをかけているように、パチパチといったり、音が飛んだりしているけれど、生き生きして、幸せそうで、元気いっぱいの曲だ。

どこから音楽が聞こえてくるのか、本棚《ほんだな》がじゃまになって見えなかった。どこもかしこも、本棚でいっぱい。迷路《めいろ》みたいだと、ラジャーは思った。図書館って、本でできた迷宮なんだな。

ラジャーは、ぐるりと見まわした。右手の通路を十メートルほど行ったところに女の人がいて、あくびをしながら、本を山と積んだ小さなカートをおしている。

ラジャーが見ていると、女の人は足を止めて、カートからハードカバーの本を二冊《さつ》出してながめ、それから本棚《ほんだな》を調べて、正しい並《なら》び順になるように注意しながら収《おさ》めている。

「ちょっと、すみません！」ラジャーは、声をかけた。

女の人はラジャーを無視《むし》して、カートを数歩バックさせ、さらに何冊か本棚にいれた。ちっとも急いでいない。もうおそいから、とっくに家に帰らなければいけないだろうに、丁寧《ていねい》に、正確《せいかく》に、どの本もあるべき場所にもどしている。

「どうして、あの人にお話ししてるの？」どこか上のほうから、小さな声がした。「あの人は、ほんとの人間なんだよ。だから、きみのこと見られないんだよ」

ラジャーは、目を上げた。本棚の上から、巨大《きょだい》な歯をした恐竜《きょうりゅう》がのぞきこんでいる。たぶん、ティラノサウルスの一種だ。ラジャーは恐竜にくわしいわけではなかったけれど、草食動物ではないということくらいは知っていた。恐竜の口からのぞく巨大な歯は、長くて、黄色くて、とがっていた。大きくて真っ黒な鼻の穴《あな》をフンフンと動かしながら、くちびるのない口のまわりを、分厚《ぶあつ》い、ぎらぎらした舌《した》でなめまわしている。それから、ちっちゃな目でパチッとまばたきした。

「きみ、いま着いたとこなの？」

恐竜はそっときいてくる。おそろしい怪物《かいぶつ》というより、ちっちゃな子どもみたいに高い声だったけれど、しゃべるたびに巨大な歯がガチガチと鳴るのが気になった。

どうしよう？　なんて答えればいい？

おびえていたわけではない。本当にこわくなんかなかった。ただもう、びっくりしていただけだ。

恐竜に出くわしたりしたらおそろしいはず。でも、そうでなかった理由は三つある。ひとつめ。恐竜の頭が天井《てんじょう》につっかえて、居心地《いごこち》悪そうにかがんでいるのが、おかしいったらない。ふたつめ。ラジャーをのぞきこもうとして、本棚の上に乗せている、ちっちゃな前足。でっかいティラノサウルスのちっちゃな前足は、いつ見ても笑えてしまう。そしてみっつめ。その恐竜は、なんと全身ピンクなのだ。

「えっと」と、ラジャーはいった。「そうだよ。はじめてここに来たんだ」

「ぼく、わかってたもんね。わかってたもん」恐竜は、ちっちゃな手をたたこうとして、失敗した。「おいでよ。みんなに会わなきゃ」

一日じゅう字幕《じまく》つきの白黒のフランス映画《えいが》を見たあとで、アニメの世界にもぐりこんだみたいだ。へんてこなのは、派手《はで》派手ピンクの恐竜《きょうりゅう》で終わりではなかった。

図書館のまんなかに、本棚《ほんだな》の代わりにテーブルと椅子《いす》を置いたところがあって、そこに「みんな」が集まっていた。ラジャーがぐるりと見まわしたところでは、おおざっぱに「みんな」と呼《よ》ぶしかない。「みんな」のなかに「ほんとの」人間や動物は、まったくいなかった。

その部屋は、見えないお友だちでいっぱいだったのだ。ラジャーのように、ふつうの子どもに見えるものもいれば、そうでないものもいる。それから等身大のテディベア、ピエロ、ヴィクトリア時代の校長先生のような、やせて青白く、きびしい顔をした男の人。夏の空そのものの色をしたかけらがふわふわ飛んでいるかと思うと、とんがり帽子《ぼうし》をかぶった、こびとたちもいる。こびとのひとりは、ほかの仲間の後ろにかくれようとしているのに、そのこびとがまた最初のこびとの後ろにかくれようとしている。椅子にぐたっと腰《こし》かけている、布《ぬの》の人形もいた（あとでわかったのだけれど、それはどこかの子どもがその日に忘《わす》れていった、ほんものの人形だった）。

音楽を奏《かな》でている蓄音機《ちくおんき》まで、見えないお友だちだった。蓄音機には、短い手足が生えていて、レコードといっしょにぐるぐる回っている目を、レコード針《ばり》の下に来るたびにつぶっている。ラジャーを見たとたんに、蓄音機はパチッと音を立てて鳴りやんだ。それから礼儀《れいぎ》正しく咳《せき》ばらいすると、「やあ！」というように針のついたアームを上げて、何度か目をまたたかせた。

しばらくのあいだ、ラジャーは目を丸くして、みんなを見つめていた。前にたったひとりだけ見えない友だちに会ったことがある。ラジャーを窓《まど》からつきおとして、バンティング氏の餌食《えじき》にしようとした、あの少女だ。けれども、こんなにたくさんの見えない友だちを目の前にしたら、もう圧倒《あっとう》されたというよりほかない。

「こまってるみたいだね」高校生くらいの女の子が、ラジャーに声をかけた。

その子は、なんとクマの胸当《むねあ》てのついたオーバーオールを着ていた。だいたいラジャーは、オーバーオールというものをはじめて見た。なんてへんてこな服だろう。もちろん、おぎょうぎのいいラジャーは、クスクス笑ったりしなかったけれど。

「この子、来たばかりなんだって」ピンクの恐竜が、低い天井《てんじょう》につかえた頭を、やっとのことでこっちに向けた。「さっき、あの廊下《ろうか》から入ってきたんだよ」

「こっちにおいで」女の子はラジャーのひじのあたりをつかんで、みんなの前からはなれた。「ソファにすわりなよ。あんた、わけわかんなくなってんでしょ。ここに来たの、はじめてなの？」

「うん」ラジャーは、絵本の棚《たな》の横にあるソファに腰《こし》かけた。「ここって、どこなの？

あそこにいる……えっと……みんなだけど、だれ？」

「あたしたち、ここのことを『見えないお友だち紹介所《しょうかいじょ》』って呼《よ》んでるの」女の子は、ラジャーのとなりにすわった。「それから、ここにいるのは……」両手を広げて、ぐるりと「みんな」のことを指す。「いってみれば、あんたの家族みたいなもんだね。おかえり！　よく帰ってきたね」


オーバーオールを着た女の子は、エミリーという名前だった。

「お茶とか、ホットチョコレートとか、なにか飲みたくない？」エミリーがきく。

テディベアが、ワゴンをおしてやってきた。ワゴンの上には飲み物やケーキがどっさりのせてある。ワゴンの車輪のひとつが、キイキイ音を立てていた。

「えっと、ホットチョコレートください」

「はいどうぞ」テディベアは、湯気の立ったマグカップをわたしてくれる。「ケーキは、いかが？」

ラジャーは、自分が腹《はら》ぺこなのに気づいて、びっくりした。いつもは、そんなに食べないほうだ。ラジャーが残したものは、親切なことにいつもアマンダが食べてくれるし、たいてい「もっと残しなよ」とラジャーをせっついてくる。だから、少食が習慣《しゅうかん》になっていたのだ。

「それ、もらっていい？」ラジャーは、小さなカップケーキを指さした。

テディベアは、カップケーキとナプキンをわたしてくれた。ラジャーは、砂糖《さとう》衣《ごろも》に二筋《すじ》か三筋ついていたテディベアの毛をとってから、ケーキにかぶりついた。

「さあ、カップケーキをもらったことだし」エミリーは、いう。「今度は、あたしの授業《じゅぎょう》を受けなきゃね」

「じゅ・ぎょう？」ラジャーは、ケーキのくずをふきだした。

テディベアは、ワゴンをおして、よっこらよっこら歩いていく。エミリーは、オーバーオールの胸当《むねあ》てについた、ケーキのくずをはらいおとした。

「そうだよ、授業《じゅぎょう》。はじめてあのドアから入ってきたときは、みんな、授業を受けることになってるの。あのドアから入ってくる見えないお友だちはみんな、びくびくして、おびえてる。ほんものの人間たちに忘《わす》れられて、どんどん薄《うす》くなって消えかけてるからね。そして、あやうく風に飛ばされそうになったそのときに、魔法《まほう》のドアを見つけ、気がつくと小雪《こゆき》ちゃんにじーっと見つめられてるってわけよ」

「小雪ちゃんって？」

エミリーは、ピンクの恐竜《きょうりゅう》を指さした。ほかの見えない友だちと、トランプをしているところだ。小雪ちゃんは、自分の手に持ったカードを見るのに苦労している。しっぽの先で、後ろの本棚《ほんだな》をいらいらとたたいていた。

「もちろん、みんながみんな小雪ちゃんに見つめられるってわけじゃないよ。ちょうどそのときに、ドアのそばにだれがいるかわからないからね。でもね、あたしたち、新しく入ってきた仲間は、せいいっぱい愛想《あいそ》よく迎《むか》えることにしてるの」

「ここって、なんなの？」

「ラッジ、いったでしょ」エミリーは、いらいらしたようにラジャーの名前を勝手に縮《ちぢ》めた。「ここは、あたしたちみたいな見えないお友だちが、つぎの仕事を見つけるまで暮《く》らしてるところなのよ」

「仕事って？」

エミリーは、大きく息を吸《す》いこんでから、説明を始めた。

「あのね、こういうわけ。すっごく想像力が豊《ゆた》かな子どもたちが、頭のなかであたしたちを夢見《ゆめみ》るの。そして、あんたやあたしが生まれ、その子と大の仲良しになり、なにもかもとってもすてきで、うまくいく。でも、子どもたちは大きくなるにつれて、そんなことには興味《きょうみ》がなくなり、やがてあたしたちは忘れられてしまう。そしたら、あたしたちはどんどん薄くなって、消えてしまうの。ふつうは、それで一巻《いっかん》の終わり。あんたの仕事はおしまいになる。そしてあんたは煙《けむり》になって、風に吹《ふ》かれていってしまう。だけど、そんなことになる前に、ここにいるみんながあんたを見つけたら、それか、ネコのジンザンみたいな協力者のだれかが見かけたら、ここにつれてくることができるんだよ。ここなら安全だからね」

「どうして安全なの？」

エミリーは両手を上げて、まわりにある本棚をぐるりと示した。

「ラッジ、あんたもあたしも、だれかの想像で生まれたんだよ。まわりを見てごらん。ここって、オアシスみたいでしょ？　だいたい本って、みーんな想像でできてるものね。もちろん本のなかの想像力は、新鮮《しんせん》なものばっかりじゃないけど、それでもここにいれば二、三週間は持ちこたえられるってわけ」

「それから、どうなるの？」

「それから、働きにでるんだよ」

「働くって？」

エミリーは、ソファから立ちあがった。

ラジャーも、いっしょに立った。カップケーキの包み紙はポケットにおしこんで、飲みかけのホットチョコレートのマグカップを両手で持った。

「あたしについてきて」

本棚《ほんだな》の迷路《めいろ》をたどっていくうちに、図書館の玄関《げんかん》ホールに出た。図書館があいているあいだ、ほんものの図書館員たちが貸《か》し出《だ》しする本をチェックするカウンターがある。その前に、犬が眠《ねむ》っていた。この犬もだれかが想像した見えないお友だちだと、ラジャーは気がついた。そのだれかは「眠っている犬」を想像したのか、それともその子が想像した犬が眠っているのか、ラジャーにはわからない。

両開きのガラスドアから、大通りが見える。

外は、闇《やみ》につつまれていた。オレンジ色の街灯が、歩道と、傘《かさ》を差して歩いていく人たちを照らしている。また、雨が降《ふ》りはじめていた。

さっきカートをおして本を棚《たな》にもどしていた女の人が、ガラスドアをあけ、外へ出てから鍵《かぎ》をしめた。

「最後のひとりが、帰っていったね」エミリーが、いった。「これで図書館は、朝まであたしたちのものだよ」

横の壁《かべ》に、掲示板《けいじばん》がかけてあり、いかにも図書館にありそうなお知らせの紙が画びょうでとめてある。読書会のメンバー募集《ぼしゅう》やら、ベビーシッターの広告やら、募金のための朝のお茶会や絵画教室のチラシやら……。ラジャーがながめているうちに、不思議なことが起こった。

「そうだよ」と、エミリーがいう。「そんなふうに楽な気持ちで見ててごらん。そしたら、あんたに見せたいものが出てくるから」

掲示板のチラシやポスターの裏《うら》から、あるいはそういうものの手前に、写真が何枚《まい》もあらわれはじめたのだ。ラジャーは風が吹《ふ》いているのを感じなかったが、まるで写真をかくしていた霧《きり》が風に吹《ふ》きとばされたように、たちまち掲示板《けいじばん》は子どもの写真でいっぱいになった。

「この子どもたちってね」エミリーは写真を指さした。「見えないお友だちが必要だったり、ほしいと思ったりしてるのに、つくりだすだけの想像力がないの。それができる子は、めったにいないからね。ほんとに輝《かがや》くほどの、すっごい想像力を持ってる子だけだから」

「アマンダみたいに？」

エミリーは、静かにうなずいた。

「なのに、アマンダみたいな子どもたちが見えないお友だちを忘《わす》れはじめるなんて、ほんとにつらいよね、ラッジ。だけど……」

あさの
おちゃかい
ジョー 8
ほん
リ・スー 11
ザック 6½
エラ 5
トゥラー 3
モード 4

「ちがうんだ。アマンダは、ぼくを忘れたりしてない」ラジャーは、エミリーの言葉をさえぎった。「事故《じこ》にあっただけなんだから。ぼくは、これからアマンダを探《さが》しにいって、それで――」

「ラッジ」エミリーは、ラジャーにつづきをいわせない。「ちょっと落ち着きなよ。いい、あたしだって、かわいそうだと思ってるの。とってもつらいと思う。だけど、はっきりいわせてもらうよ。あんたは、その子をもう見つけることはできない。そんなふうにはいかないの。あたしがルールを作ったわけじゃないけど、ちゃんとしたルールがあるんだから。つまりね、こういうこと。あんたは、もう忘《わす》れられてしまった。だから、新しい友だちを見つけなきゃいけないの。あともどりはできないってわけよ」

ラジャーには、エミリーのいうことが信じられなかったが、だまっていた。なにかいっても、エミリーを納得《なっとく》させることができないのはわかっている。いまのところは。今夜だけは（それに、こんなふうに思っているあいだも、頭のすみっこで小さな声がいっていたのだ。「だけど、エミリーのいうとおりかもしれないよ」と）。

ラジャーの後ろで、クンクンと鳴く声がした。さっきの眠《ねむ》っている犬が、夢《ゆめ》を見ているのだ。年老いた牧羊犬は、小さく鼻を鳴らしながら、足をピクッピクッと動かしている。まぶたの裏《うら》で、リスを追いかけているのかもしれない。

「その犬、気にしなくてもいいんだよ」なんだかやさしい声でエミリーがいった。はるか昔の、幸せだったころを思い出しているように。「この犬は、最後の仕事を待ってるんだよ。わたしはもう、すっかり年をとってしまったからな……っていつもいってる。なにか、ほんとに特別なことをしたいらしいの。その時が来たときに見のがさないように、ここでずっと待ってるんだって」

「その時って、どんな時？」

「さあね。自分の探《さが》している子どもが見つかったときって意味じゃないの。わかんないけど。正直いって、ずいぶん見のがしてると思うけどね。こうやって、いびきをかきながら待ってるんだもん。でしょ？」

おじいさん犬を見ていたラジャーは、なぜだかわからないけれど、クスクスと不安げに笑ってしまった。それから、また掲示板《けいじばん》をながめた。

エミリーの授業《じゅぎょう》は、まだつづいている。

「だから、朝になったら、この掲示板を見にくるんだよ。それで、気に入った子を見つけて、あの廊下《ろうか》から出ていく。それだけ」

「ほんとに、それだけでいいの？」

「うん、いいんだよ」

「で、どうしてうまくいくわけ？」

「あたしにも、わかんないよ」エミリーは、肩《かた》をすくめた。「ただそうなるってことよ」エミリーは、ちょっとだまってから咳《せき》ばらいして、ふいに事務的《じむてき》な口調になった。「はい、ラッジ。これで授業《じゅぎょう》は終わります。あたしは、知っているかぎりのことをあなたに教えました。これからは、あなたもあたしたちといっしょに、『見えないお友だち紹介所《しょうかいじょ》』の一員となって働きます。ようこそ、ラッジ」エミリーは、見えないグラスを上げて、乾杯《かんぱい》のしぐさをする。「これから何年ものあいだ、どっさり仕事をしてもらうからね。いい？　さあ、ほかのみんなに紹介してあげる」

その晩《ばん》、もう少し夜がふけてから、ラジャーは図書館のまんなかに燃《も》えるキャンプファイヤーをみんなといっしょに囲んでいた。

はじめのうち、ラジャーは心配でたまらなかった。火と本なんて、相性がいいとはとてもいえない。けれども、その火は、アマンダが夢見《ゆめみ》てつくりだしたものとおんなじだった。想像力から生まれたのだ。だから、図書館が炎上《えんじょう》する危険《きけん》もないし、本も焼けたりしない。ウソっこの火ではあっても、キャンプファイヤーを囲んで、火影《ほかげ》にちらちらと照らされている見えないお友だちは、みんなあたたかそうで、やさしい顔をしていた。

「いっしょに夜を過《す》ごすには、キャンプファイヤーがいちばんだもんね」と、エミリーがいいだしたのだ。「きまってるじゃない。マシュマロを焼いたり、幽霊話《ゆうれいばなし》をしたりしてさ」

マシュマロも、想像力でできたものだったけれど、べとべと、ねばねばしていて、とってもおいしかった。図書館は、夢の力でこういうものすべてを生みだしてくれる、心豊《ゆた》かな故郷《ふるさと》なのだ。

「これって、あたしたちにはぜったいできないことなんだよ、ラッジ」エミリーが、キャンプファイヤーの前に教えてくれた。「夢の力や、想像力でいろんなものをつくりだすのは、ほんものの人間がすること。あんたのアマンダも、やってたでしょ？」

「うん、毎日やってたよ」

「あたしたちの仕事は、それをいっしょに経験《けいけん》して、楽しむことなの。もしあんたにできるなら、その子に教えたり、なにかいって助けたり、注文を出したりはできるけど、あんたはいつもだれかの想像力といっしょに動かなきゃいけないんだよ。それをおぼえといて」

ラジャーはホットチョコレートをすったが、なんにもいわなかった。ずっとアマンダのことを考えていたのだ。さっき聞いたエミリーの言葉が、まだ頭のなかをぐるぐるまわっていた。ぜったい、エミリーの考えがまちがってると証明《しょうめい》してみせるぞ。たぶん、ほかの見えないお友だちはひとりも、前からの仲良し、もともとの友だちのところにもどれなかったんだろう。だったら、ぼくが最初になってやる。

ラジャーは、まわりのおしゃべりに耳をかたむけた。ラジャーの知らない人たちが、聞いたこともない場所で、会ったことのない子どもたちと、よくわからないことをしたとか……。しばらくするうちに、ラジャーは自分も話をしようと決心した。

まず、咳《せき》ばらい。

「あのう、いいかな」

みんな、しーんと静まりかえった。ピンポン玉そっくりの見えないお友だちが、ポンポンと調子よくはねかえる音だけがひびく（アマンダが、ふつうの男の子を想像してくれて良かったなと、ラジャーは思った。このほうが、ずっと楽だもの）。

「ぼく、ここにはじめてきたんです」ラジャーは、つづけた。「みんな、知ってると思うけど。エミリーが、とっても親切に、ここがどういう場所か教えてくれました。でも……ぼくは……ぼくは、ここに来ちゃいけなかったんじゃないかな。いまはまだ……ってことだけど。あのう、ぼくの友だちが交通事故《じこ》にあっちゃって……」

ラジャーは、きのうの夜のことからはじめることにした。ベビーシッターと、かくれんぼをしたときの話だ。

「いま、『バンティングさん』っていった？」天井《てんじょう》の近くのどこかから、小雪《こゆき》ちゃんの声がした。あの男の名前を、ラジャーが最初にいったときのことだ。

「うん。アマンダが、そういう名前だっていってた。その男がママに話したのを聞いてたんだって」

「へぇえ、バンティングさんっていったの？」

小雪ちゃんは、ふざけているような声で、くりかえす。まるでラジャーをからかっているようだ。

「それが、どうかしたの？」ラジャーは、きいてみた。

エミリーが、ラジャーの肩《かた》に手を置いて、くすくす笑った。

「悪いけどね、ラッジ。バンティングさんのことは、みーんな知ってるの。会ったなんてウソをついてもだめだよ。あたしたち、だまされないから。ごめんね、話のじゃまをして」

「ちがうって。ぼくたち、ほんとに会ったんだから。そいつは――」

すると、テディベアも、けらけら笑いだした。テディベアは女の子で、ホネッコ・ガリガリという名前だとか。

「あーら、そうなの？　今度は、おバカなサイモンに会ったなんていうんでしょ」

「おバカなサイモンって、だれ？」

「バンティングさんより、ずーっとこわいやつ」エミリーが、いう。「夜になると、あんたの本当の友だちと入れかわっちゃうの。その子の皮膚《ひふ》をかぶって、その子の目で、あんたをじーっと見て、いろんなことをしろって命令するの。気味の悪いことをね。危《あぶ》ないことも。友だちの声を使って、その子のいいそうな言葉で命令するから、だからね……あんたは命令されたことをするしかないわけ」

「ちょっとやめてよ、エミリー」小雪《こゆき》ちゃんがいう。「おバカなサイモンって聞いただけでふるえちゃうんだから。今夜は眠《ねむ》れなくなっちゃったじゃないか。エミリーがおバカなサイモンの話なんかするから、頭からはなれなくなっちゃったよ」小雪ちゃんは大きな歯をギシギシいわせて、背《せ》すじに寒気が走ったように身ぶるいした。

「うわーっ、おっかなーい！」

「だけど、おバカなサイモンとかじゃないんだって」ラジャーは、いった。「バンティングだよ。ねえ、どんなやつか教えてくれる？　きみたち、なにか知ってるの？」

「ラッジ、みんなが知ってることだけ教えてあげるとね」エミリーがいう。「バンティングさんが生まれたのは、何百年も前のことだった」百科事典を読みあげているような口調だ。「だが、その男は、悪魔《あくま》と取引をして……とか、なんとか……」

「悪魔じゃなくって、ピクシーだって聞いたけどな」だれかが、口をはさんだ。

「ちがうよ、宇宙人《うちゅうじん》だよ」べつの声がいう。

「あたしは、銀行の支店長だと思うけどな」これは、テディベアのホネッコ・ガリガリだ。

「とにかく、あたしは悪魔だって聞いたの。それはどうでもいいことだよ」エミリーは、話をつづけた。「大事なのは、その男がずっと生きつづけてるってこと。バンティングさんは、死なないの。もう何百歳《さい》にもなるのにね」

「それで、どうして生きつづけてるかっていうと……ほら、つづけなよ、エミリー……」ピンポン玉が、ポンポンはねる合間《あいま》にいう。

「どうしてかっていうと、バンティングさんは、見えないお友だちを食べるの。あたしたちの仲間を食べるってわけ。そして、だれかを食べるたびに、もう一年生きのびることができるんだって。そういうお話なの。だけど、バンティングさんにも見えないお友だちがいるなんて、聞いたことないよ」

「ううん、ぼくは聞いたことあるよ」小雪ちゃんがいう。「バンティングさんが見えないお友だちを食べるのは、自分の見えないお友だちを信じる力がほしいからなんだって。だってバンティングさんは、もう大人でしょ。生まれてから、何年も何年もたってるんだから、ほんとは、その見えないお友だちをとっくに忘《わす》れてなきゃいけないんだよ。だけど、バンティングさんは自分のお友だちのことを忘れたくなくって、ずっと信じる力を持っていたいから、ほかの見えないお友だちを食べるんだ。つまりね、ほかの人の想像力を食べてるってわけ」

「そんな話、あたしは聞いたことないな」と、エミリーがいう。

「バンティングは、どうやって見えないお友だちを見つけるの？」ラジャーはきいてみた。

「それはね、においをかぎつけるのよ」テディベアのホネッコ・ガリガリが、教えてくれた。「バンティングさんは、いまにも消えそうになっている見えないお友だちのにおいがわかるんですって。ネコみたいにね。そういうにおいが片方《かたほう》の鼻の穴《あな》から入ってくると、猟犬《りょうけん》みたいにあとをつけるの。それで、見つけたら最後、ナイフとフォークを取りだしてにらみつけ、見えないお友だちが消える前に、目にもとまらぬはやさで飲みこんじゃうのよ。ラジャー、ケーキをもうひとついかが？」

ラジャーはかぶりをふって、ケーキを断《ことわ》った。あのバンティングが、消えかかっているにおいをかぎつけるって？　いや、アマンダの家を見つけて、ぼくに気がついたときは、そうじゃなかった。あのとき、バンティングは自分から狩《か》りに出向いてきたんだ。ただじっと待ちかまえていたわけじゃない。一軒《けん》ずつ訪《たず》ね歩《ある》いて、見えないお友だちを探《さが》していたんだ。そして、アマンダにドアの外にいた少女が見えるのがわかって……。

「ねえ、エミリー。バンティングって死んだりしないの？」

エミリーは、ラジャーの顔を見た。

「バンティングさんが死んだって話、聞いたことないけど。だれか、聞いたことある？」みんな、いっせいにかぶりをふる。

「ネコのジンザンが、いってたんだ」ラジャーは、もうひとつきいてみた。「ぼくたちのお友だち、つまりほんものの子どもたちが死ぬと、ぼくたちはあっさり消えてしまうって。これって、本当なの？」

「うん、そうだよ」エミリーは、マシュマロを食べながらうなずいた。「それに、逆《ぎゃく》のこともあるの」

「どういう意味？」

「見えないお友だちが死ぬと、ほんもののお友だちも死んじゃうってこと」

「そんなの、聞いたことないよ」ピンポン玉が、はねながらいった。

「本当のことだよ」と、エミリー。「前に聞いたんだけど、こういう男の子がいたんだって。その子と、見えないお友だちのピクピクって女の子が、いっしょに崖《がけ》から落ちたんだよ。わかる？　ふたりで崖の上をぶらぶらしていて、そんなことになっちゃったわけ。それでね、ふたりとも落ちたんだけど、見えないお友だちのピクピクのほうが、最初に地面にぶつかったの。ピクピクは、ばらばらになって……跡形《あとかた》もなく消えちゃった。パッとね！　そしたら、男の子も死んじゃったんだって」

　みんな、ちょっとしーんとした。すると、小雪《こゆき》ちゃんがいった。

「だって、ふたりとも崖から落ちたんでしょ。男の子だって死んじゃうにきまってるよ」

「それが、ちがうんだって」エミリーが声をひそめたので、みんな身を乗りだして聞き耳を立てなければならなかった。「小雪ちゃん、ちゃんと聞いてなかったんでしょ。いい？　最初に見えないお友だちが死んで、その後で男の子が死んだんだよ」

「だってさ、ふたりともすっごく高いとこから落ちたからじゃないか」小雪ちゃんも、がんばる。

「そうだよ。だけどね、ほんものの男の子は、地面にぶつかる前に死んでたんだってさ」

　さっきよりもう少し長いこと、みんなしーんとなった。それから、小雪ちゃんがきいた。

「それが本当だって、どうしてエミリーはわかるわけ？」

　エミリーは、肩《かた》をすくめた。「ただ、そういう話を聞いただけだよ」

ますます夜もふけてきた。キャンプファイヤーも消えかけている。見えないお友だちの何人かは、もうベッドに行っていた。

エミリーはラジャーをつれて、本棚《ほんだな》のあいだをぬけていった。やがて、ハンモックがいくつも並《なら》んでいる場所に出た。

「はい、手伝ってあげる。ここに足を乗せて」エミリーが両手を組んでくれたのをふみ台にして、ラジャーは本棚のあいだに吊《つ》ってあるハンモックに上った。

いままでずっと洋服ダンスのなかで寝《ね》ていたから、こういう寝床《ねどこ》ははじめてだった。ハンモックには毛布《もうふ》とまくらが乗せてある。ちょっと揺《ゆ》れるので、図書館ごと船出をしたみたいだ。ハンモックはやさしく揺れながら、ラジャーをなだめ、なぐさめてくれた。図書館も、長かった暗黒の一日を過《す》ごしたラジャーに子守《こも》り歌《うた》をうたってくれている。

ラジャーは、とても眠《ねむ》れるとは思えなかった。あまりにもたくさんのことが起こりすぎたから、頭のなかをいろいろな思いがかけめぐっていた。アマンダは、いったいどこにいるんだろう？　家にもどったのかな？　それとも、病院？　ぼくのことを、考えてくれてるのかな？　それに、バンティングは？　あの男もまた、ぼくのことを考えているとしたら……。

けれども、知らぬまにラジャーは眠《ねむ》ってしまい、気がつくと朝になっていた。

7

目を覚ますと、ラジャーの頭の上に電灯がちかちかとついていて、図書館に来た人たちがハンモックの両わきで本をパラパラとめくっている。ラジャーはハンモックを下りると、本棚《ほんだな》のあいだを通って、前の晩《ばん》にキャンプファイアーをした場所まで行った。

小雪《こゆき》ちゃんの姿《すがた》は見えなかったが、ほかの見えないお友だちはいた。

ラジャーを見たエミリーが、にっこり笑った。

「ラッジ、朝ごはんは？」

テディベアのホネッコ・ガリガリが、あのキイキイ音を立てるワゴンをおしてきて、ケーキと、またまたホットチョコレートをくれる。

図書館じゅうに、大ぜいの人たちがいた。はねているピンポン玉の横のテーブルで、新聞を読んでいる人がいる。そういう人たちには、ラジャーたちの姿がまったく見えず、見えないお友だちのほうも、ちっとも気にしていない。ひとつの図書館のなかに、ふたつの世界が重なりあって存在《そんざい》しているようだ。おなじ場所にいるのに、おたがいにまったくふれあっていない。

けれども、ラジャーがそう思っていただけかもしれなかった。しばらくして、ラジャーはうっかりマグカップを本の上に置いた。その本は、ラジャーが思ったよりずっとテーブルからはみだしていたらしい。ホットチョコレートのマグカップが乗ったせいでバランスがくずれ、本はひっくりかえって床《ゆか》に落ちた。

マグカップと中味のホットチョコレートは、床にぶつかる前に消えてしまったが、本のほうはドサッと音を立てた。

新聞を読んでいた男の人が、顔を上げる。

「ラッジ、あたしたちは、そういうことをしないように注意してるんだけどな」エミリーは、親しげにラジャーの腕《うで》をぽんとたたいた。「みんなこわがっちゃうでしょ。あたしたち、いい子なんだからね。わかった?」

ラジャーは、かがんで本を拾おうとした。

「さわっちゃだめ」エミリーがいう。

「だって……」

「ラッジ、ちょっと考えてごらん。この人は、本が床に落ちたから、ちょっとびっくりしてる。だけど、本ってよく落ちるでしょ。なんだって下に落ちるじゃない。重力があるからね。この人は、すぐにまた新聞を読みはじめて、本のことなんか忘《わす》れちゃうよ。だけどね、もし本が床から舞《ま》いあがってテーブルに乗ったらどうなの。まったくちがう話になるじゃない。本当に気味が悪いし、この人は図書館に幽霊《ゆうれい》がいるとか思うかも。この人がこわい夢《ゆめ》を見るようになったら、みんなあんたのせいなんだよ。そんなふうにしたくないでしょ？」

ラジャーは、うなずいた。

「よろしい。でね、あたし、きめたんだよ。今日、あんたとあたしとで、新しい子の見えないお友だちになるの。いっしょにやるんだよ。図書館でぶらぶらしてたって、しょうがないからね」

「だけど、ぼくはアマンダを探《さが》しにいきたいんだ」

「それで？　どうやって探すつもりなの？」

「きまってるじゃないか。アマンダが救急車でつれていかれたところで探すんだよ。たぶん、アマンダは病院にいる。だから、病院に行って見つけるよ」

エミリーは、首を横にふる。

「ラッジ。あたしのいったこと、ぜんぜん聞いてなかったみたいだね。あんたがひとりで病院に行ってその子を探《さが》すなんて、できっこないじゃない。図書館を出たとたんに、あんたはぼやけて薄《うす》くなって、消えはじめるんだよ」

ラジャーは口をあけて、ずっと考えていたことをいおうと人さし指を上げた。

「あんたは、まず」エミリーは、ラジャーが「だって……」といわないうちにつづけた。

「あたしといっしょに来る。で、あんたの新しい友だちを見つける。その友だちがあんたのことを信じてくれて、そのあとでもまだあんたがアマンダを見つけたいって思ったら、新しい友だちに話していっしょに病院に行ってもらえばいいじゃない。だけど、あんたひとりじゃなんにもできっこないの」

図書館から出てアマンダを探しにいきたいなら、前の暮《く》らしにもどりたいなら、エミリーのいうようにするしかない。エミリーは、いいかげんなことを話すような子ではなかった。とはいえ、あせるばかりで、いらいらするったらなかった。

「さあ、行こう」

エミリーは、掲示板《けいじばん》のほうに歩いていく。

エミリーは、見こみのありそうな男の子の写真をはがした。

「この子にしよう、ラッジ。なんだかうまくいきそうだよ」

その朝、ジョン・ジェンキンズは子ども部屋の洋服ダンスをあけて、コートを探した。

コートを着なければいけない天気だった。今日もまた、雨降《あめふ》りだ。

「あった」ジョンは、洋服ダンスからコートを引っぱりだして、はおった。

洋服ダンスの戸が、カチッと小さな音を立ててしまったとき、ジョンは、なんだか妙《みょう》な感じがした。なにかが首筋《くびすじ》を這《は》いのぼってくるような。それも、外側でなく、皮膚《ひふ》の内側を。脳《のう》みそのなかでそいつがいう。「なにかがおまえのことを見張ってるぞ」

ジョンはいそいで子ども部屋から出ると、階段《かいだん》を下りようとした。下の玄関《げんかん》ホールで、お父さんとお母さんが待っている。

「早く来い、のんびりぼうず」お父さんが声をかけてきた。「いそがないと、映画《えいが》がはじまっちゃうぞ」

ジョンはいそいで階段《かいだん》をおりかけたが、とちゅうでふと足を止めた。その段までおりると、二階のカーペットと階段をあがったところにあるタンスの下のすきまから、子ども部屋がまっすぐに見えるのだ。

洋服ダンスの戸が、ひとりでにひらいていく。

とにかく、ジョンにはひらいたように見えた。だけど、ぜったいにちゃんとしめたのに。そうだよね？

ジョンは、後ろを見ないようにして、階段を下までおりた。

「ちょっと裏口《うらぐち》のドアをたしかめ

てくるね」お母さんが、ジョンとお父さんを玄関《げんかん》に残していった。

ジョンは階段のいちばん下の段に腰《こし》かけて、靴《くつ》ひもを結ぶことにした。あの日のことを、ジョンははっきりと覚えていた。夏休みがはじまったばかりのその日、なんとジョンははじめて自分で靴ひもが結べたのだ。あれは、本当に不思議だった。その日までジョンは不器用もいいところで、靴ひもを一度も結べたことがなかったのだ。どんなふうに指を動かしても、結び目らしきものができあがっても、ジョンが立ちあがったとたんにするりとほどけて、靴がぬげてしまった。

ところがその日は、見てくれる人も、どうやるのか教えてくれる人もいなかったというのに、ベッドにすわったとたん、あーら不思議！　いつもあたりまえのように靴ひもを結んでいた子どものように、ちゃんと結べたのだ。

お母さんが「びっくりしたわ！」といい、ジョン自身も目を丸くした。

「ぼくは靴ひもが結べるんだ、あたりまえじゃないか」ジョンは、大声でいった。

「だってもう、赤ちゃんじゃないもん！」

そのとおり。ジョンは赤ちゃんではなく六歳《さい》だった。

そしていま、ジョンは指先で靴ひもを輪にして、もういっぽうの端《はし》を通そうと――。

ジョンは、手を止めた。

後ろで階段《かいだん》がギイッと鳴ったのだ。

ジョンも、お母さんも、お父さんも、みんな階下にいる。ジョンには、兄弟も姉妹もいない。昨晩《さくばん》から泊《と》まっている友だちもいない。だれも二階にいるはずがないのだが。階段の上から二段目は、だれかにふまれたときだけギイッと鳴るのだ。ジョンは、それこそ何千回もふんでいるから、そのギイッという音を自分の手の甲《こう》とおなじくらい、よく知っている。

ジョンは、自分の手の甲を見た。ふるえている。そのせいで、靴《くつ》ひもの結び目がほどけてしまった。

ジョンは、ふりかえらなかった。階段を見上げたりしなかった。

「ジョン、まだ靴ひもが結べてないの？」裏口《うらぐち》からもどってきたお母さんがいった。

お父さんは手紙を読んでいたので、なんにも気がついていない。

「うん。お母さん。結んでくれる？」

「もちろんよ」

お母さんは、ジョンの前にひざをついた。

「お母さん？」

「なあに？」

「あそこってだけど……」お母さんは、きつすぎるくらい靴ひもを引っぱりながらいう。

「ちょっと階段の上を見てよ」

「なんですって？」お母さんは、もういっぽうの靴ひもを結びはじめた。お母さんはとても結ぶのが上手で、しかも手早い。

「階段にだれかいるのかな？」

「バカなことといわないの」お母さんは、まだ顔を上げない。

「だ……だって、聞こえたんだもん。ギイギイ段がギイッって鳴ったんだよ」

お母さんは、階段を見上げた。

「ほうら、なんにもいないわよ」

「お父さんは、聞こえた？　聞こえたよね？」

「えっ？　なんだい？　いいや」と、お父さんがいったのはこれだけ。それから、手紙をテーブルに置いて、玄関《げんかん》のドアをあけた。「さあ、行こう。いそがなきゃ」

ジョン・ジェンキンズは、立ちあがった。靴《くつ》ひもは、きちっと結んであって気持ちがいいし、コートも、ぬくぬくとあたたかい。それなのに、目に見えない、氷のように冷たい水がジョンの背筋《せすじ》をつたっていた。なにかが、ぼくを見張ってる。なにかが、ぼくの後ろにいる……ジョンにはわかっていたけれど、後ろをふりかえったりしなかった。

ジョンは、猛《もう》スピードで玄関《げんかん》から出ると、走って両親の先にたち、家の角を曲がって車が置いてあるところまで行った。

車が走りだすと、ジョンは最後にふりかえって家のほうを見た。

いつもとおなじに見えるけれど、ただ……ただ、たしかではないし、ぜったいにそうだともいいきれないけれど、雨の向こうに見える玄関の窓《まど》に、人の顔が見えたような……。

だれもいないはずの、玄関の窓に……。

「ふん、上等じゃないの」エミリーはふくれっつらでソファにどさんとすわり、ぶつぶつ文句《もんく》をいった。

ラジャーは、居間《いま》のドアのところからエミリーに声をかけた。

「ちょっと、そんなとこにすわっていいの？　ここはぼくたちの家じゃないんだよ」

「ラッジ、赤ちゃんみたいなこといわないでよ。いまは、あたしたちの家。あたしたちに割《わ》り当《あ》てられた仕事場なの。必要とされなくなるまで、あたしたちはここに住むんだからね」

「だって、あの子にはぼくたちが見えないんだよ」

「時間がかかることもあるの。それだけよ」

エミリーは、前にもこういうことをやったことがあるんだと、ラジャーは思った。だから、きっとやりかたを知っているんだよ。

エミリーは腕《うで》組《ぐ》みをしてから、腕をほどき、ほっぺたをかいて、また腕組みをした。手のこんだダンスを踊《おど》っているみたいだ。あんまり上手ではないけれど。

「あたしたち、べつのやりかたを考えなきゃいけないね」しばらくすると、エミリーはいった。「あの子の注意をひくようにするの。ふたりのうちのどっちかが一度でも見えるようになれば、あたしたちずっとこのうちにいられるよ」

「それって、どうすればいいの？」ラジャーは、おそるおそるエミリーの横にすわった。

「あの子ったら、洋服ダンスのなかにいたぼくたちに、まっすぐ向きあってたのに、ぜんぜん見えなかったじゃないか」

「うん」エミリーは、もごもごとひとりごとをいう。「まっすぐに向きあっても見えないんなら、そうだよ、べつの方向から見えるようにすればいいんだ」

「べつの方向から？」

「そのとおりだよ、ラッジくん」エミリーは、たちまち元気をとりもどした。しめしめというように、両手をこすりあわせる。「それが正解《せいかい》。これから、『鏡の技《わざ》』をはじめまーす」

映画《えいが》はとっても楽しかったから、家に帰ってきたときには、ジョンは朝に感じたなんとも薄気味《うすきみ》の悪い気分をすっかり忘《わす》れていた。

「お湯をわかしてくるよ」靴《くつ》をぬいでから、お父さんがいった。

「わたしは、超特急《ちょうとっきゅう》でトイレ」お母さんは、階段《かいだん》を二段ずつかけあがっていく。

ジョンだけが、玄関《げんかん》にとりのこされた。

階段のいちばん下の段に足をかけて、片方《かたほう》の靴ひもをほどこうとした。ふと階段を見上げたとたんに、出かける前に耳にしたギイッという音を思い出して、気がめいった。おもしろい映画のことでいっぱいだった胸《むね》はすうっとしぼんでしまい、代わりに胃袋《いぶくろ》にずしんと石が入ったような感じがする。

ジョンは、階段を見上げた。見上げずにはいられなかったのだ。ちょっとでも目をそらせば、なにかが起こるような気がする。ドアがバタンとしまるとか、階段がギイッと鳴るとか。後ろを向いたが最後、なにかが起こってしまうかも。ジョンは、その場にこおりついていた。いなか道にいるウサギが、トラックのライトが近づいてきたのを知りながら、走るに走れなくなっているように。

ジョンは、まだ靴ひもをほどいてないほうの足を階段のいちばん下の段に乗せた。靴ひもを見ないまま手をのばして、引っぱる。お母さんが上手に結んでくれたから、ぎゅっと引っぱっただけで、結び目もできずにするするとほどけた。

そのとき、なにかが目に入った。

ジョンは飛びあがった。

本当に、ぴょんと飛びあがったのだ。

階段の上に立っていたのは、お母さんだった。

「ごめんね、ジョン。おどかしちゃった？」

「もう、お母さんったら」ジョンは、口をとがらせた。

ジョンの一家は、夕食の席についた。その日は、家族で過《す》ごす最後の休日だったから、ジョンの両親は一家そろって食堂のテーブルを囲むことにしたのだ。ふたりともなにごともきちんとしなければ気がすまないたちだった。ジョンの学校がはじまるのは一週間後だったけれど、お母さんとお父さんは明日から仕事に出なければいけない。

一家が食堂と呼《よ》んでいるのは、ただの小さめのリビングに丸い食卓《しょくたく》を置いてある部屋にすぎなかった。もしジョンが本当にいい子にしていたり、しつこくせがんだりしたら、テレビをつけてもらって、食事をしながらみることもできた。でも、その日はテレビをつけずに、おしゃべりしていた。

お父さんが自転車の話をして、秋になる前にタイヤを取りかえなければといい、お母さんがサラダを自分のお皿に取りわけているとき、ジョンはふと顔を上げた。

ジョンの椅子《いす》の後ろには食器棚《しょっきだな》があって、上の棚におばあちゃんがクリスマスのたびに贈《おく》ってくれる、おそろしく趣味《しゅみ》の悪いお皿が飾《かざ》ってある。反対側の壁《かべ》には、大きな鏡がかけてあった。お父さんが夏のはじめにガレージセールで買ったものだ。

これをかければ食堂が少しは広く見えるとお父さんはいったが、ジョンにとってはじゅうぶんに広かったので、本当にそうかどうかはわからなかった。けれどもジョンは、大人たちのおしゃべりが退屈《たいくつ》だったり、テレビがついていなかったりしたときに鏡を見るのが好きだった。そんなときはいつも、じぶんの後ろにあるお皿に描《えが》かれた子猫《こねこ》の絵が、左右反対になっているのをながめる。

花のにおいをかいでいる子猫もいれば、クッションにおすわりしているのや、口のまわりにクリームを口ひげみたいにつけたのもいる。まだ六歳《さい》で、絵のことにくわしくないジョンでも、趣味の悪いお皿だとお母さんがいうのがわかる気がした。

ぼくにえらばせてくれたら、ぜったいロボットの絵がついたやつにするのに。できたら、ロボットがなにかを壊《こわ》している絵がいいな。それも、ロボットがべつのロボットと闘《たたか》って、おたがいに壊しあっているやつ。おばあちゃんに、すっごくにこにこしてたのんだら、今度のクリスマスには、そういう絵のついたお皿を買ってくれるかも……。

と、ジョンの頭のなかからロボットがすっかり消えてしまった。鏡のなかに、べつのものが見えたのだ。

ジョンは、自分の前のテーブルを見た。細長く切った魚のフライと、グリンピースを乗せたお皿がある。それから、右を見た。お父さんがすわっている。それから、正面を見た。お母さんがすわっている。そして、左を見た。そこには、だれもいない。四つ目の椅子《いす》には、だれも腰《こし》かけていない。お客さまが来ないときには、その椅子にすわる人はいなかった。ジョンの家族は、三人だけだから。

「サラダが、もうおしまいになっちゃったわね」お母さんが、最後の残りを自分のお皿に入れながらいった。「ジョン、少しは食べたの？」

ジョンは、返事をしなかった。もう一度、鏡のなかを見た。

鏡のなかの自分と目があう。それからお父さんを見て、お母さんの後頭部を見て、最後に四つ目の椅子を、だれもすわっていない椅子を見る。

そこに、高校生ぐらいのお姉さんがすわっていた。金髪《きんぱつ》のそのお姉さんは、フォークの先にレタスを乗せている。ジョンは、お姉さんがレタスを優雅《ゆうが》に口に運ぶのをじっと見ていた。レタスをかむ、パリパリという音も聞こえそうな気がする。

鏡のなかでジョンと目があうと、お姉さんはパチッとウインクした。

つぎの朝、ジョンのお母さんを見かけた近所の人たちは、昨夜《さくや》の悲鳴はなんだったのかときいた。お母さんは、家の前庭に不動産業者の男の人といっしょにいるところだった。男の人は「売り家」と書いた立て看板《かんばん》を、せっせと芝生《しばふ》に打ちこんでいた。お母さんは近所の人たちに、悪い知らせがあったので、しばらくおばあちゃんといっしょに住むことにしたんですよと告げた。

「なんなのよ、いったい」エミリーは、ジェンキンズ家の通りに面した部屋のなかを歩きまわりながらいった。

ラジャーは、行ったり来たりするエミリーをながめていた。

「いつもこんなふうなの？」ラジャーは、きいてみた。

「まさか！」エミリーは、かみつくようにいう。「ちゃんとわかってる子があたしを見れば、すぐ友だちになれるの。だけど、あのジョンって子、まったくどうしようもないね。だいたい、あんな悲鳴をあげる子っている？　あんなの、はじめて見たよ。バッカみたい」

「だけど、エミリーがこわがらせたんだよ。飛びあがるほどびっくりさせたじゃないか」

「うん。でも、わざとしたわけじゃないもの。ちょっとあたしのこと見てよ、ラッジ。幽霊《ゆうれい》みたいな顔してる？　このあたしの、どこがこわいのよ？」エミリーは、にっこり笑って、金髪《きんぱつ》をゆすった。「ほうら、こわいお友だちじゃないでしょ。あいつは、まさに、ぜったいに、どう考えても、欠陥《けっかん》商品だね。お店に持ってって、とりかえてもらわなきゃ」

　ラジャーは、エミリーがいいおわるのを待ってからたずねた。

「ぼくたち、これからどうするの？」

　エミリーは、ラジャーがすわっているソファにくたっと腰《こし》かけると、目の前に手をかざした。ちょっとばかり、透《す》きとおりかけているようだ。ぼくたちを信じてくれる人たちがいなかったら、いったいいつまでこの世界にとどまっていられるんだろう？　その答えがわからないラジャーは、ポケットにしっかりと手をつっこんだままでいた。両手が、ちりちりっとしはじめている。

「あたしたちにできることは、たったひとつだよ」エミリーが、くたびれたように答えた。

「また、図書館にもどろう」

「図書館のドアを探《さが》すのって、けっこうむずかしいんだよ」と、エミリーがいう。「古びた路地を進んでいけば見つかるってもんじゃないの。ちゃんとした方法で見つけなきゃいけないし、ドアのほうもちゃんとした方法で見てもらいたいと思ってるからね。このドアが自分を待ってるんだぞって、しっかり信じてなきゃいけないんだよ」

「正面玄関《げんかん》から入ることはできないの？」

「図書館の玄関ってこと？」

「うん」

「まあね、街の中心にでもいればできるかもしれないけど。でも、あたしたちがいまどこにいるのか、わからないんだよね。どの通りも、みんなおなじに見えるし。いい、こうしようよ。あんたは、街の中心に行くバスを見つけて。あたしは、路地を見つけるから」

　ジョンの家の近所を二十分歩きまわったあと（バスは、なかった）、エミリーがそれらしい路地を見つけた。

ラジャーがのぞきこむと、路地の両側は柵《さく》に囲まれた公園になっていた。ちょっと入ったところに、車輪つきのゴミバケツがいくつか、それに壊《こわ》れたベビーカーも転がっている。あたりにくさったゴミのにおいが漂《ただよ》っていた。

「ここなの？」

「そうだよ。影《かげ》を見てごらん」

エミリーは近くにある街灯の柱の影を指さしてから、今度は路地に落ちている影を指さした。

街灯の柱の影は右手に、路地とは反対の方向にのびている。けれども、路地の両側にある柵《さく》の影は、街灯の影と逆のほうにのびていた。路地の影の方向が、まちがっている。

「この路地を進んでいけば、あたしたちがたどりつきたいドアがあるはずだよ。あたしたちが、そう望めばね。でも、いそがなきゃだめ」

エミリーは、手をかざした。ぼんやりして、消えかけているのが、はっきりわかる。指先から、灰色《はいいろ》の煙《けむり》のようなものが、薄《うす》く立ちのぼっていた。

ラジャーは、自分の手を見ようとはしなかったけれど、その感覚はわかっていた。いちばんやわらかい針《はり》かピンが、いっせいに手に群《むら》がっているような……。

「すみません、お嬢《じょう》さん」とつぜん後ろから、声がした。「なんとまあ、いやな天気じゃありませんか。道に迷《まよ》ってしまいましてね、ちょっと方向がわからないんですが、助けてくれませんかね」

ラジャーがふりかえると、歩道に立って口ひげをふるわせていたのは、なんとあの男ではないか。

「エミリー」ラジャーは、腕《うで》を引っぱった。「だめだ……」

でも、エミリーは、聞いていなかった。あっけにとられているのだ。エミリーは、見られるのに慣《な》れていなかった。長いこと、見えないお友だちをやっているから、これはおかしいぞとは思った。だが、どんなふうにおかしいのか、ちゃんとわかってはいない。

「えっ？　あたしになんか用なの？」エミリーは、落ち着きはらったふりをしてきいた。

「ああ、たいした用じゃないけどね」バンティング氏は、エミリーにおおいかぶさるように近づく。

ラジャーは、さけんだ。「気をつけろ、エミリー。そいつはバンティ……」

と、じっとりとしめった、魚のように冷たい手がラジャーの口をふさぎ、引きずりもどした。

あの黒髪《くろかみ》の少女だ。

ラジャーはもがいて、少女の指にかみつき、むちゃくちゃに足をけとばしたが、少女はびくともしない。

バンティング氏はエミリーにおおいかぶさり、肩《かた》に片手《かたて》を置くと、ラジャーの目の前で大きく口をあけた。あの果てしない、後頭部までつづくトンネルのような口。エミリーは、琥珀《こはく》にとじこめられた昆虫《こんちゅう》のように凍《こお》りつき、動くことができない。必死に動こうとしているにちがいない。だが、その場に立ったまま、バンティング氏のトンネルのような口の先の闇《やみ》を見つめることしかできないのだ。

つぎのしゅんかん、エミリーはのびはじめた。とろりとしたカスタードクリームのように引っぱられてのばされたあげく、ありえないようなズルズルッという音とともに、いかにもうまそうにバンティング氏にするっと飲みこまれてしまったのだ。

バンティング氏の口が、木琴《もっきん》のような音を立ててしまった。口ひげの下から、灰《はい》色《いろ》の煙《けむり》が流れでる。

それから、火薬のにおいがするげっぷをした。

「ああ、うまかった」と、幸せそうな顔でいう。「さて、今度は……」

もがきにもがいたものの少女から逃《のが》れることができないでいたラジャーは、最後の力をふりしぼった。エミリーは、正確《せいかく》にいえばぼくの友だちとはいえないのかも。でも、好きになっていたのに。エミリーはエミリーなりのやりかたで、ずっとぼくにやさしくしてくれていたのに……。

ラジャーは、思いっきり少女の指をかみ、ひじを後ろにつきだした。やせこけて青ざめた黒髪《くろかみ》の少女はしりもちをつき、ラジャーから手をはなす。

路地の土の上に少女の指を一本吐《は》きだしてから、ラジャーは走りだした。

壊《こわ》れた管《くだ》から蒸気《じょうき》がもれるようなシーッという声が聞こえ、足音が追ってくる。

ラジャーは、ここが命のせとぎわとばかり、走りに走った。ほんのちょっとでも立ち止まったら、まさしく命のせとぎわになってしまう。

路地はあっちこっちへ曲がり、両側の木の柵《さく》は赤いレンガの壁《かべ》へ、さらに黒ずんだ、ぼろぼろくずれるレンガへ変わっていく。破《やぶ》れたポスターがところどころに貼《は》ってある壁から、水がしたたり落ちている。

まだ、ラジャーを追いかけてくる足音はやまない。

バンティング氏と黒髪の少女は、あきらめていない。ふたりは足のはやいラジャーに追いつけないが、それでも走るのをやめようとしないのだ。

そこでラジャーは、はっと気づいた。ぼくはいま、こいつらをまっすぐに見えないお友だちの紹介所《しょうかいじょ》へ、図書館へ案内しているんだ。さっき目《ま》の当《あ》たりにしたように、見えないお友だちを漁《あさ》り、溶《と》かしたうえですっかり飲みこんでしまう男……そんなやつがなによりほしがっている仲間たちが、今もあの図書館で仕事と仕事の合《あい》間《ま》にくつろいでいる。そんな場所にこの男をぜったいにつれていくわけにはいかない。

ラジャーの足は、ますますはやくなった。なんとしても、ふたりより先にドアにたどりつかなければ。


「わたしには、おまえが見えるぞ」聞きおぼえのある声がいった。

走っていたラジャーは、びっくりして飛びあがった。「いま、ちょっといそがしいんだよ、ジンザン」

ネコのジンザンは、路地に落ちた影《かげ》のまんなかにすわっていた。片足《かたあし》を上げ、むだなことだが、おしりをなめてきれいにしていたのだ。

いっぽうバンティング氏にはネコの姿《すがた》が見えなかったので、つまずいて前のめりにすっとび、ぶざまに地面に転がった。

ジンザンは、強靭《きょうじん》でしなやかなネコだったから、すぐに衝突《しょうとつ》をさけて飛びのいたが、路地でくりひろげられる騒《さわ》ぎに、いささかあっけにとられていた。だが、けがはしていない。それでも、むっくりと立ちあがりながら、なにかおだやかでない存《そん》在《ざい》に、においはすれども姿《すがた》は見えないなにかに気づいていた。消えかけている男の子が走りぬけながら残していった、焦《こ》げたようなにおいとはちがうなにか。まったくべつの、胸《むね》が悪くなるような、あまりにも長いこと酢漬《すづ》けにされすぎたようなもののにおい……。

と、冷たい指に首をしめられて、ジンザンはぐったりとその場に横たわった。

ラジャーは、走った。バンティング氏が転んだ音と、けられたネコがキイッと鳴くのが聞こえた。「ありがとう」と、ラジャーは心のなかでジンザンにいった。機転のきくかしこいネコのおかげで、危《あや》うく難《なん》をまぬがれることができた。

最後の角を曲がると、ちらちら光る明かりの下にあの廊下《ろうか》のドアがあるのが見えた。

すぐにドアのハンドルに手をかける。

バンティング氏が起きあがって、追いかけてきたのではとふりかえると、おどろいたことに、目の前は塀《へい》でふさがれていた。ぐるりとあたりを見まわすと、ラジャーはレンガの塀に囲まれた、小さな中庭に立っているのだ。路地はひとりでにふさがって、ラジャーがいままでいた世界を塀の向こうにおしやってくれている。これでラジャーは完全に、にげきることができた。

すると、声が聞こえた。

「あいつは、どこに行ったんだ。まったくいらいらさせるこぞうだな。見ろ、見ろ見ろ。まわりを見てみろ。こんなに走ったのに、また前の通りに出ちまったじゃないか。まったくどうかしてる。想像の世界は、めちゃくちゃなことをするもんだな」

バンティング氏が、ひとりごとをいっている。それとも、少女にしゃべっているのかもしれない。ふたりは塀《へい》のすぐ向こう側にいるのだ。

　これが、想像の路地にある、想像のドアのすばらしさだ。バンティング氏には、もうラジャーを見つけることができない。自分ひとりの力では、見つけられないのだ。少女が、なにかの手を使いませんようにと、ラジャーは祈《いの》った。

「おまえのいうとおりだな」口をきかない連れの声に耳をかたむけていたバンティング氏はいった。「あのこぞうは、なんとかしなきゃいかん。まず手はじめになにをやったらいいか、いい考えがあるんだよ。ほら、あいつの小さな友だちをおぼえてるだろう……？」

　おこったヘビのようなシーッという声がして、足音が遠ざかっていくのが聞こえた。あたりがとうとう静かになった。やっとゆっくり息ができる。

　とうとう、もう一度、安全になった。だけど、かわいそうなエミリー。必死ににげていたから、考えるひまもなかったけど、いまになってやっとわかった。エミリーは、溶《と》かされてしまったんだ。バンティングのやつに食われたんじゃなくて、飲みこまれてしまったんだ。すっかり消えてしまったエミリーを、この世にもどすことができるのだろうか。ラジャーにはわからなかった。そしてまた、考えた。ネコのジンザンは、どこ？　それからまた、考えた。とにかく図書館に入らなきゃ。

8

「ちがう、ちがうってば」等身大のテディベア、ホネッコ・ガリガリは、毛むくじゃらの両手をふって、ラジャーの言葉をさえぎった。「あのね、『バンティングさん』なんていないのよ。あれはね、忘《わす》れられたばかりのお友だちをこわがらせるために作った、お話なんですから。ただの都市伝説みたいなものね。ゆうべ、あたしたちが教えてあげたじゃないの。思い出した？」

「そうじゃないんだ！」ラジャーは、息もできないくらいあせって、しゃべりまくった。

「都市伝説なんかじゃない。本当のことだよ。あの男と気味の悪い女の子に、また会ったんだってば。たったいま……ここの路地を探《さが》してるとき……ぼくはにげたけど、エミリーはつかまっちゃって。あいつがエミリーを飲みこむところを見たんだけど。ぼく、なんにもできなかった。エミリーに悪いことしたし、ぼくはもう悲しくって……」

「あなた、だれのこと話してるの？」

ラジャーは、目をこすった。

「エミリーだよ。エミリーはいなくなっちゃったんだ。だから――」

「エミリーって、だれ？」

テディベアの表情《ひょうじょう》は、読みにくい。ラジャーを相手に、なにかのゲームでもしているつもりなのだろうか？　エミリーの名前を聞いたことがないようなふりをして。でも、どうしてそんなことを？

「ぼくは、あいつがエミリーを飲みこむところを見たんだ」ラジャーは、静かにいった。

「エミリーは、行ってしまったんだよね？　もう帰ってこないんだ」ラジャーは、ちょっとだまってからつづけた。「それとも、帰ってこられるのかな？　一度飲みこまれても、またもどってくる方法はあるの？　ぼくたちの手で、エミリーを救いだせるのかな？」

テディベアのホネッコ・ガリガリは、なにか考えているように前足であごをこすっている。

「あたしが聞いた話では、いったん飲みこまれたら『きれいさっぱり消えてしまう』っていうわよ。最初から、この世に存在《そんざい》しなかったみたいに。そういう言葉を、みんな使ってるの。『きれいさっぱり消えてしまう』ってね。つまり、消えたら消えっぱなしってことだわね。少しずつ薄《うす》くなって消えてしまうのより、ずっとひどいわ」テディベアは、言葉を切ってかぶりをふった。「でもね、ラジャー。それは、もしも『バンティングさん』が本当にいたらってことよ。本当は、そんな人はいないもの。ただの作り話よ」

ホネッコ・ガリガリは、これで話はおしまいというように、ワゴンからケーキを取ると、ラジャーにわたしてくれた。「それから、ホットチョコレートよね？　あなた、大好きでしょ？」

「だけど、エミリーのことはどうするの？」

「なんのことをいってるのか、あたしにはさっぱりわからないわ」

ホネッコ・ガリガリにきいてもむだだと、はっきりわかった。ゲームをしているのでも、忘《わす》れたふりをしているのでもない。エミリーのことをまったくおぼえていない。それだけの話だ。エミリーは、この世から追いはらわれたのと同時に、ホネッコ・ガリガリの記憶《きおく》からも追いはらわれてしまったようだ。けれどもラジャーはあの出来事を見てしまっていたし、まだエミリーの姿《すがた》がしっかりまぶたに焼きついて

いる。

ラジャーは、ほかの見えないお友だちにもきいてみた。

ポンポンはねているピンポン玉は、エミリーをおぼえていなかった。

とんがり帽子《ぼうし》をかぶったこびとが、さけびながら、本棚《ほんだな》の上から飛びかかってきた。「奇襲攻撃《きしゅうこうげき》だっ！」

でも、十二人のこびともやっぱりおぼえていない。

ヴィクトリア朝の校長先生にそっくりのグレート・ファンダンゴは、時間を浪費《ろうひ》させないでくれと、ラジャーに文句《もんく》をいった。それもきわめて重要な本だという。ラジャーがそっとつついたとき、本をさかさまに広げて、いびきをかいていたくせに。でも、ラジャーはい

いかえさなかった。

エミリーは、みんなから忘《わす》れられてしまったのだ。

小雪《こゆき》ちゃんがいればいいのになあ、とラジャーは思った。恐竜《きょうりゅう》はゾウとおなじぐらいからだが大きいし、ゾウはなんでもぜったいに忘れないっていうからな。だけど、小雪ちゃんだってエミリーのことを忘れているかも。

図書館が助けてくれるかもと思っていたが、そんなことはなかった。図書館は、かくれることのできる屋根と、無料の食べ物をくれるだけだとわかった。そのあいだも、ラジャーはずっと考えていた。もう二度とバンティングが見えないお友だちを飲みこまないようにさせなきゃ。それには、どうしたらいい？

それに、いい方法を考えついたとしても、自分にできるかな？　本当にそんなことがしたいと思ってるの？　それよりも、ただかくれていて、身の安全

を考えたほうがいいんじゃないか？　そのほうが、利口《りこう》だと思わないか？　たぶん、そのとおりだろう。でも、そんなことをしたら、アマンダはけっしてラジャーを許《ゆる》さないにちがいない。

その晩《ばん》おそくなってから、ハンモックに寝《ね》に行こうとしたラジャーは、「ワン！」とほえられて足を止めた。

ふりむくと、犬がいる。ラジャーとおなじ、だれかの想像から生まれた、見えないお友だちの犬だ。

黒と白のぶちで、毛がもしゃもしゃした、おじいさん犬だった。輪郭《りんかく》がぼうっとにじんでいて、目のまわりが白髪《しらが》になっている。昔はとっても幸せに暮《く》らしていたのに、いまはつかれきって、ぼろぼろになっているように見えた。きのう見た犬だな、とラジャーは思い出した。掲示板《けいじばん》の前で眠《ねむ》っていた、あの牧羊犬だ。

「やあ」と、ラジャーは声をかけた。

犬は、静かに「ワン」といってから、首をかしげた。

「ぼくになんか用なの？」

「おまえ、あの子だろ?」人なつっこい声だが、ちょっとしゃがれている。

「あの子って?」

「ホネッコが話してた、新しく来た子だよな」

「うん。ラジャーっていうんだ」

「そう、おまえだ。ラジャー。ところで、ラジャー。さっきの話は、本当かね?」犬は、心配そうにきく。

ああ、とうとう信じてくれるものに会えたよ。

「うん、ぜんぶ本当だよ」

「なんてこった」犬は、興奮《こうふん》してしっぽをふる。「で……その……あの子はどうなった?」

「あの子のこと、おぼえてるの?」

「おぼえてるさ。もちろんじゃないか!」

「でも、ここではみんな忘《わす》れちゃってるみたいなんだ。会ったこともないような顔をするんだよ、今朝《けさ》も、ちゃんとここにいたのに」

「おまえに逆《さか》らうわけじゃないが、ラジャー。あの子は、ここにはいなかったよ。もしもいたら、わたしも会ってるはずだ。もう何年も会ってないんだよ」

「ちがうよ。きみのほうがまちがってる。もちろん、ここにいたさ。図書館のなかを案内してくれたんだもの」

「わけがわからんな」

「だけどもう、バンティングに飲みこまれちゃって、みんなに忘《わす》れられちゃって、きみだけしか――」

犬は、おこっているような、おびえているような声で吠《ほ》えた。

「なに？　なんだと？　飲みこまれたとは、どういう意味だ？　バンティングに？　あのバンティングさんにか？」

「うん、さっきから、みんなにそういってるんだけど」

「どうしてそんなことが起きるんだ？　バンティングさんは見えないお友だちを食うって話だぞ。ほんものの人間を食うなんて、聞いたことがない」

「だけど……だけどエミリーは、ほんものの人間じゃないよ」

「エミリーって、だれだね？」

ラジャーは口をぽかんとひらいて、なにもいわなかった。それから、また口をとじた。話がさっきから、ぜんぜんかみあっていない。まったくちがう話を、ふたりでかわりばんこに話しているような……。

「ねえ、きみはだれの話をしてるの？」ラジャーは、おじいさん犬にきいてみた。

「エリザベス・ダウンビートだ」犬が答えながらしっぽをふったので、後ろの本棚《ほんだな》から本が一冊《さつ》落ちた。「わたしのリジーさ」

「ふうん」と、ラジャーはいった。「で、それって、だれなの？」

「わたしの最初の友だちだよ。その子が、わたしを想像してくれたんだ。いまから、ずっと昔。はるか昔のことだよ」

「だけど、その子がぼくとなにか関係があるの？」

「おまえの友だちが、リジーの娘《むすめ》だって聞いたんでね」

「いや、なにかのまちがいだと思うよ。ぼくの……友だちは……アマンダっていうんだ。アマンダ・シャッフルアップだよ」

「そうさね、おまえのアマンダは、わたしのリジーの娘なんだ」

ラジャーは、犬の耳の後ろをかいてやっているうちに、やっと話が飲みこめた。

「わたしは、これだけ知りたいんだよ」犬は、いった。「ええ……なんていうか、あの子は幸せかね？　大人になって、幸せになったかね？」

「幸せなんじゃないかな」と、ラジャーは答えた。「パソコンの仕事にかかりっきりで、いそがしくしてるけど、それでもぼくたちを公園やプールにつれてってくれるんだ。それから、自分の代わりにパソコンが考えているときは、すごーいケーキを焼いてくれるよ。あのケーキのにおい、きみにかがせたいな！　それに、アマンダがなにかをすると、いっつもケラケラ笑いだす。すっごくバカなことをしたときだってね。ときどき、アマンダが見ていないときに、にっこり笑ってることもあるよ。それから、ぼくたちが寝《ね》てなきゃいけないときに、電話をかけたり、テレビを見たりしながら笑ってる声が聞こえることもある。ぼくは、大人をそんなにおおぜい見たわけじゃないけど、幸せなほうだと思うな。そりゃあ、ときどきはアマンダにいらつくことはあるけど。でも、不幸せだとは思わない。だけど、このあいだアマンダが――」

「それで、リジーは……」終わりまでいわせずに、おじいさん犬はラジャーの言葉をさえぎった。アマンダの事故《じこ》のことをいわなくてよかったと、ラジャーはほっとした。

「なに？」

「リジーは……いままで……話したことがあるかね？　わたしのことを」

「うーん……」ラジャーは首をかしげた。
「レイゾウコのことさ」
「なんだって？」
「わたしは、レイゾウコって名前なんだよ。ちなみにな。そこでだ。リジーは『あ
あ、わたしの見えないお友だちの大きなおじいさん犬が、ここにいればいいのに』
なんていったりはしないだろうが、『レイゾウコがいなくて、さびしいわ』ってい
うのは聞いたんじゃないか。ときどきでもいいから。それで、おまえはリジーがな
にをいってるのか、わからなかったんじゃないかね？」
おじいさん犬が、すがるような大きな目で見つめてくるので、ラジャーはがっか
りさせたくなかった。アマンダのママは、なにかいってたかな？　ラジャーは、いっ
しょうけんめいに思い出そうとした。それはつらい仕事だった。ひとつには、アマ
ンダのママは、それはたくさんのことをしゃべるからで、もうひとつには、ママの
ことを思い出そうとすると、どうしてもアマンダのことを考えてしまい、アマンダ
の口から聞きたいと思ういろいろな言葉が、つぎつぎに浮《う》かんでくるからだ。
ようやく、ラジャーはいいことを思いついた。
「これって、あんまり大事なことじゃないかもしれないけど。アマンダのママはね、

キッチンにある大きな戸棚《とだな》に、きみの名前をつけたんだよ。牛乳《ぎゅうにゅう》を入れておく、冷たい戸棚に」

「そうかね！」

おじいさん犬のレイゾウコは、なんともうれしそうな声でそういった。

つぎの朝、ラジャーは掲示板《けいじばん》の前に立って、つぎつぎとあらわれては消える、いろんな顔を見ていた。

二十四人もの顔が、写真のなかからラジャーをじっと見ている。どうやってえらべばいい？　どの顔が、ぼくをうちにもどしてくれるんだろう？　アマンダを見つけに、病院につれていってくれるのは、どの子なんだ？　いったいどうすればうまくいくんだろう？

エミリーは、秘密《ひみつ》っぽく教えてくれたっけ。「自然にわかるんだよ」と。

レイゾウコは、いつものように丸くなって眠《ねむ》りながら待っていた。掲示板の写真を見つめていると、レイゾウコがあくびをするのが聞こえた。

「ああ、ラジャーか。もう朝になったのかね？」

「うん」大事な仕事のじゃまをされて、ラジャーはちょっとむっとしたが、しゃべる相手を見つけることができてほっとしてもいた。「これって、どうすればいいの？」

「どうやってえらぶかってことか？」

「うん」

「あんまりいっしょうけんめいに考えないことだな」

ラジャーは、そうしようと思った。

「ねえ、どうしてきみはだれかえらばないの？」ラジャーは、レイゾウコにきいた。

「つぎの子をえらぶために、何年もここにいるんだろう？　エミリーがそういってたけど」

「ラジャー、わたしは年をとってしまったんだよ」レイゾウコは、またあくびをした。「いままで、それはたくさんの子どもをえらんできた。いまは、最後の仕事を待ってるんだ。あとひとりえらんで、そのあとはだんだん薄《うす》くなって、消えていく。そう、わたしはもう心の準備《じゅんび》ができてるんだよ」

「ほんとに？」

「ああ。年をとると、くたびれてくるのさ。ほら、輪郭《りんかく》だって、煙《けむり》みたいにもやもやしてきてる。薄《うす》くなってるのがわかるだろう」

「そんなこといっちゃ悪いけど、きみはいつだって眠《ねむ》ってるじゃないか」

「いま、いっただろ。くたびれてるんだよ」

「だけどさ、どうやってえらぶの、このなかから……」ラジャーは、掲示板《けいじばん》の写真をぐるりと指した。「……きみみたいに、いつも眠ってたらさ」

　レイゾウコは、笑いだした。ワッフ、ワッフというような、あたたかい笑い声だ。それから、ひとつうなずいた。

「わたしには、わかるんだよ。その時が来たら、わかるのさ」

　レイゾウコは大あくびをして、その場で何度かぐるぐるまわると、どさっとすわった。

「さあ、失礼して、ちょっと昼寝《ひるね》をさせてもらうよ。おまえはいい子だなあ、ラジャー。気にいったよ」

　それから、レイゾウコはまた眠ってしまった。ぬめっと光る黒い鼻先から、フガフガと寝息がもれてくる。

　ラジャーはまた、ふりかえって掲示板をながめた。

　見ているうちに、写真の前にまたべつの写真が出てきて、つぎつぎに入れかわっている。ちっともじっとしていないのだ。もっとよく見てもらおうと、前に前に出てくる。どうかえらんでください よと、ラジャーにお願いしている ようだ。それからまたゆらゆらと 後ろに下がって、ほかの写真が出てくる。海面に入れかわり立ちかわり浮《う》かんでくる顔をながめているようだ。男の子、女の子、ジュリア・ラディックという女の子……。

けれどもラジャーには、どの子もおなじに見えた。どの子もアマンダではない。

ラジャーの計画のつぎのステップになってくれるような子は、ひとりもいない。

もう、どうしようもなかった。

ラジャーは、どの子でもいいから手近な写真をえらぼうと手をのばした。そのときふいに、さっきの女の子の写真がふたたび浮《う》かび上がってきて、ラジャーの目に入った。

あの女の子。ジュリア・ラディック。ぜったい、どっかで会ったことあるよね？

9

その日の朝、子ども部屋の洋服ダンスをあけたジュリア・ラディックは、目を丸くした。

「あんた、だれ？　あたしの洋服ダンスで、なにしてるの？」

けっこう落ち着いた声できいたつもりだったけれど、ジュリアは、パジャマの上に着ているガウンを、しっかりとかきよせていた。

目の前にいる女の子は、背丈《せたけ》はジュリアとおなじくらい。赤毛の長い髪《かみ》をくるくるとカールしていて、頭のてっぺんにリボンを結んでいる。ほおにそばかすの散ったその子は、ジュリアに手を差しだした。

「やあ、ラジャーだよ」

ジュリアは、女の子をじろりと見て、ふんと鼻を鳴らした。

「ロジャーだって？　ちがうね。あんたは、どう見たってベロニカだよ」

「ベロニカ？」

洋服ダンスのなかの女の子は、首を横にふると、ふざけないでくれよという顔で苦笑いした。けれどもジュリアは、ふざけてなんかいない。

「ちがうよ。ラジャーだ」赤毛の女の子は、くりかえした。「アマンダの友だちだよ」

「アマンダの友だち？」ジュリアは、女の子のいったことをたしかめるように、ききなおした。「いま、アマンダっていった？」

「そう。きみの友だちのアマンダだよ」

ジュリアは、いっしゅん遠くを見るような目つきになった。

「シャッフルアップのこと？」

「うん」

「ボンヤリ・シャッフルアップ？」

「ちがう。アマンダ・シャッフルアップ」

「あんたが、あの子の友だちなの？」

「うん。だけど、きみにも会ったことがあるよ。アマンダが、一度ぼくを学校につれてってくれたとき」

ジュリアはくちびるをかんで、ちょっと頭をかしげた。アマンダも、なにかを考えるときにそんな顔をする。けれども、ジュリアがすると、ちっともかわいらしくなかった。みんな考えるときにそうするから、自分も仲間はずれにならないように鏡の前で練習した……そういう感じなのだ。

「アマンダには、たしかロジャーって名前の見えないお友だちがいたよね」やっと、ジュリアはそういった。「その子のこと、何度か話してくれた。だけど、あたしは――」そこでジュリアは言葉を切ると、いいなおした。「ああ、ちょっと待って。あんたのいうとおりだよ。その子を学校につれてきたふりしてたことが一度だけある。みんなにその子と握手《あくしゅ》なんかさせちゃってさ。すっごくおかしかったけど、笑わないようにがまんしたんだ。あの子ってさ、すっごく変な子なの。みんな、そういってるよ」

するど洋服ダンスのなかの女の子は、かんかんにおこって赤い巻《ま》き毛《げ》をふり、じだんだをふんだ。

「変な子なんかじゃない」かみつくようにいう。「アマンダは、すごい子なんだぞ。それから、ぼくはロジャーじゃなくって、ラジャーだ。それに、いっとくけど、きみは握手しようとして、ぼくのおなかにパンチしたんだからな」

「それは、ちがうって」ジュリアはいった。「そのロジャーって子は、男の子だったもん」

「ぼくだって、男の子だ！」

ジュリアは、咳《せき》をした。だれかがバカなまちがいをしでかしたけれど、それをはっきりいうのは失礼だというとき、よくこういう咳をするものだ。ジュリアは、女の子を上から下までじろじろとながめまわしている。どこがおかしいか指さすかわりに、目で教えているというわけだ。

洋服ダンスのなかの赤毛の女の子は、はじめて自分の姿《すがた》を見下ろした。フリルのついたスカートをつまみあげ、長い巻《ま》き毛《げ》を手ですき、片方《かたほう》の足を上げてぴかぴか光る、ピンクのスニーカーに目をやる。

「ぼ、ぼく、女の子なの？」その子はジュリアに向かってきいた。ショックを受けて、ぽかんとしている。

「そうだってば！」あたりまえのことをきくなというように、ジュリアは答えた。

「だけど、ぼくは……」

「ベロニカだよ」ジュリアは、つづけていった。「で、あたし、あたしの新しい友だち」

自分が女の子になってたなんて、ラジャーはまったく気がつかなかった。そういう大事なことって、ふつう気がつくものじゃないのか？

ラジャーは、エミリーがジョン・ジェンキンズのときにそうしたように、ジュリアの写真を持って図書館の廊下《ろうか》へ出た。そのときは、ちっとも変な感じはしなかった。半分はほんもので半分は想像《そうぞう》の世界のドアをおして出てから、あのちっちゃな青い花もようの壁紙《かべがみ》を貼《は》った廊下を歩いていったのだ。そのときだって、ちっとも変な感じはしなかった。それから廊下のつきあたりにあるドアをあけ、そして……。


ジュリアが洋服ダンスのドアをあけて、ラジャーを発見したというわけだ。ただし、ジュリアが見つけたのは、男の子ではない。

女の子だった。

答えは、かんたん。ラジャーはもう、ジュリアの見えないお友だちなのだから、ジュリアの望むような姿になったというわけだ。ジュリアはラジャーに、ベロニカという女の子になってほしかったのだ。

こんなことが起きるなんて、エミリーは一度もいってくれなかったじゃないか。

これって、なんだかずるくないか。

外見はともかく、ラジャーの中身はちっとも変わっていなかった。いままでに「ラ

ジャーとして」やってきたことを、すべておぼえている。木に登ったことも、アマンダといっしょに、ぐつぐつと煮《に》えたぎる噴火口《ふんかこう》へ下りていったことも。けれどもいまは、赤毛の長い髪《かみ》が顔に垂《た》れてうっとうしいったらなかったし、スカートの下の足は、もうすっかり冷えきっていた。

それでも、事実と向きあわなければ。ラジャーは、女の子になってしまったのだから。


ジュリアは朝ごはんを食べようと、ラジャーをつれて階段《かいだん》を下りた。

「ママ、これ、あたしの新しいお友だち」

「お友だちですって？」流しでお皿を洗《あら》っていたジュリアのママは、背中《せなか》を向けたままきいた。

「そう。今朝、この家に着いたばっかりなの。だから、きっとおなかがすいてるんじゃないかな」

「ジュリアちゃん、どういうこと？　お友だちって？」

「洋服ダンスで見つけたの。そうそう、ベロニカっていうんだよ」

ジュリアのママは、洗ったばかりのマグカップを注意深く水切り台に伏《ふ》せてから、娘《むすめ》のほうにふりむいた。

「ジュリアちゃん、お友だちをつれてくるときには、前もってママにいわなきゃだめよ。まだ掃除機《そうじき》もかけてないし、パパも池のお掃除をしなきゃいけないでしょ。お客さまに、なんて思われるか」

「だいじょうぶ。この子は、気にしないよ。この子、前はアマンダのうちにいたし、アマンダのママは、ぜったいに掃除機なんてかけないから。そんなこと、だれだって知ってるじゃない」

ジュリアのママは、しばらくその場に立ったまま、娘がなにをいっているのか、理解《りかい》しようとした。なにやらいろいろしゃべっているが、どれがどう結びついているのか、さっぱりわからない。

「ねえ、『前はアマンダのうちにいた』って、どういうこと？」

「あのね、この子はアマンダの友だちのロジャーだったの。でも、いまはあたしの友だちのベロニカってわけ」

「アマンダ？　アマンダ・シャッフルアップ？　おなじクラスの、あの子のこと？」

「そうだよ。だけどね、アマンダがすっごく変な子だったから、この子は新しい友だちを見つけなきゃいけなくなったの。もっといい友だちを。だから、あたしんちへ来たってわけよ。いたいっ！」

「どうしたの？」

「ベロニカが、あたしの足、けったの」

「その子、ここにいるの？」

「いるにきまってるじゃない。ほら、そこに立ってるよ」

ジュリアはラジャーを指さした。

母親は、なんにもない空間を、おそるおそる見つめた。

そこには、だれもいない。ぜったいになんにもない。

「ちょっと、ジュリアちゃん」母親は、ゆっくりといった。

「なあに？」

「だれもいないじゃないの」（おっかなびっくり、声をひそめていう）

「ママには、見えないんだよね。ベロニカは、あたしの見えないお友だちだもん」

「見えないお友だちですって？」

「そうだよ！」

ジュリアのママは、ラジャーに朝食を用意してくれなかった。アマンダのママのように、ラジャーを受けいれてくれなかった。アマンダのママは、いつだってやさしくて、ラジャーがそこにいてもいなくても「おはよう！」と声をかけてくれた。ジュリアのママは、そうではない。

娘《むすめ》がキッチンのカウンターで朝ごはんを食べているあいだ、ジュリアのママは、表の通りに面した部屋で電話をかけていた。

「きっと頭を打ったんだと思いますの」ラジャーの耳に、電話で話している声が聞こえてくる。「ありもしないものが見えるといいまして。できるだけ早く、予約をとりたいんです。これ以上悪くなったらと、心配で」

ラジャー、あるいはベロニカは、ジュリアの横にある丸椅子《まるいす》に腰《こし》かけていた。

「ねえ、ジュリア」

「なによ？」ジュリアは、コーンフレークをほおばったまままきく。

「アマンダのこと、なにか知ってる？」

「アマンダのなにを？」

「はねとばされたことだけど、知ってるの？」

「はねとばされた？」

「そうだよ。このあいだ。プールで」

「はねとばされたって、犬かなんかにぶつけられたわけ？」

「ちがうよ。車だよ。駐車場《ちゅうしゃじょう》で」

ジュリアは、スプーンを置いた。

「ありえないね！　ばっかじゃないの？　だれが駐車場で車にはねられるのよ？　どの車も、ぜーんぶとまってるのに」

ラジャーは、ちょっとのあいだジュリアを見つめた。ふざけているのかな、それとも……。ふざけているつもりだったら、ちっともおもしろくない。ふざけてないなら、この子はちょっと鈍感《どんかん》だな。

「ちがうって。車は、走ってたんだよ。で、ぼくたちはにげていて――」

「ごちゃごちゃいわなくてもいいの」ジュリアは片手《かたて》を上げて、ラジャーをだまらせた。それから、ラジャーのほうに身を乗りだし、声をひそめてきいた。

「あの子、もしかして……？」

「いや。死んでなんかいないよ。ぼくも、死んじゃったと思ってたんだ。でもね、ネコが話してくれたんだけど――」

　ジュリアは、また片手を上げた。

「ちょっと、ベロニカ。このうちに来たばかりだからしょうがないけど、いくつかルールを作っておかなきゃね。ひとつめ。このうちでは『ネコが話してくれたんだけど……』なんてぜったいいわないこと。だれも、そんなこといわないじゃない。頭、おかしいと思われるよ。あたしはね、おしゃべりするネコに会ったなんていう、変てこな友だちは、ほしくないの。ぜったいに。ふたつめ、あたしだって、アマンダが死ななくてよかったと思う。もちろんだよ。だけど、アマンダの話ばっかりするの、やめてよね。あんた、いまはあたしの友だちっていったじゃない。アマンダと友だちのときは良かったなんて話ばっかりしてたら、あたし、あんたのことを信じるのやめちゃうからね。わかった？」

　ラジャーは、いささか面くらっていた。アマンダがジュリアの話をするときは、いつもいいことしかいわなかったのに。学校でいっしょにおもしろいことをしたとか、お昼にサンドイッチをとりかえっこしたとか。でも、目の前にいるジュリアは、アマンダが話していた子とは、ずいぶんちがうじゃないか。

「ぼくには、きみの助けが必要なんだ」と、ラジャーはいった。「ぼくを病院につれてってもらいたい。あの子に会わなきゃいけないんだよ。アマンダに」

ジュリアは、腕組《うでぐ》みをした。首を横にふった。

それから、いきなりお皿を床《ゆか》に落としたのだ。

お皿が割《わ》れ、牛乳《ぎゅうにゅう》とコーンフレークが飛びちり、スプーンがタイルの床《ゆか》を転がっていく。

ジュリアのママが、ドアにぶつかりながらかけこんできた。

「ジュリアちゃん。どうしたの？」

ジュリアは、思いっきりしかめつらをしていった。「ベロニカだよ。ベロニカがやったの」まっすぐに、ラジャーを指さす。

うっかりやってしまったことを自分のせいにされるのには、ラジャーは慣《な》れっこになっていた。なかには、半分わざとだけれど真相がばれると危《あぶ》ないという場合《ばあい》もあった。けれども、ラジャーに罪《つみ》をなすりつけたときはいつも、アマンダはいたずらっぽく瞳《ひとみ》を輝《かがや》かせ、「うまくいきますように」というおまじないに中指を人さし指に重ねてウインクしてみせたものだ。

けれども、いまジュリアの目に光っているのは、悪意でしかなかった。

アマンダのママは、いつだって娘《むすめ》の言い分をしんぼうづよく聞いてから、ほうきとちりとりを持ってこさせたり、となりの家の人にわたす「ごめんなさい」の手紙を書かせたりしていた。それで、すべてはおしまいになった。けれどもジュリアのママは、娘とおなじように見えないお友だちができるというのがどういうことか、わかっていないようだ。

「まあ、ジュリアちゃんったら」ジュリアのママは、大声でいうなり娘を胸《むね》に抱《だ》きよせ、背中《せなか》をさすり、頭のてっぺんにキスをした。「かわいそうに。ほんとに、ほんとにかわいそう」

ラジャーが思うに、ラディック家というのは、むだな感情《かんじょう》がじゃぶじゃぶとあふれた、異様《いよう》に興奮《こうふん》しやすい家族らしい。

そして、せっかくラディック家に来たというのに、アマンダに近づいたとはちっとも思えなかった。それどころか、ジュリアの話を聞いたあとでは、いままでよりもっとアマンダからはなれてしまったような気がしてならなかった。

割《わ》れたお皿のかけらが片《かた》づき、床《ゆか》の上の牛乳《ぎゅうにゅう》もモップできれいになってから（エプロンをかけた、無口な女の人が掃除《そうじ》したのだ。どうやらこの人は、週に二回やってくるらしい)、ラジャーはジュリアについて、二階に上がった。

「今日は、洗濯《せんたく》をする日よ」ジュリアが、ラジャーに宣言《せんげん》する。「よごれた服をぜんぶ持ってきて、きれいにするの」

「その反対じゃなくって?」ラジャーは、ちょっとふざけたつもりだ。

ジュリアは階段《かいだん》のとちゅうで足を止め、ラジャーをじろりとにらんだ。

「ベロニカ・サンドラ・ジュリエット・ラディック。あんたみたいなバカな子は、はじめてよ。反対なんて、ありっこないじゃない。だれがきれいになった服をよごすの? あんた、しゃべる前に、ちょっと考えなさいよ」

自分にそんな長い名前がついたなどとは夢《ゆめ》にも思っていなかったラジャーは、いわれたとおり、ちょっと考えてからいいかえした。

「だって、だれもきれいな服をよごさなかったら、どうしてきれいにする必要があるんだよ?」

「だからあ」ジュリアは、そのひとことで話は終わりというように、いいかえす。「必要があるから、あるっていってるんじゃない」むりやりにまとめてしまうと、くるっと向きを変えて、足音荒《あら》く階段をのぼっていく。

ジュリアについていったラジャーは、目を丸くした。洗濯というのは、洗濯バスケットの中身を洗濯機に入れることではなかった。ジュリアは、とてつもなく大きな人形の家の前にすわりこみ、四方の壁《かべ》をパタンとあけたのだ。

人形の家には、いろいろな大きさの人形が十体以上、きちんと背《せ》をのばして、テーブルについていたり、椅子《いす》にすわっていたりした。

アマンダも、いくつか人形を持っていたが、どの人形もこんなふうにおぎょうぎよくはしていない。どうやらジュリアは、人形の髪《かみ》をはさみで切ったり、顔にアルミフォイルを糊《のり》で貼《は》りつけてロボットにしたりはしないらしい。せっかく人形がたくさんあるのに、そうやって遊ばないなんてもったいないなあと、ラジャーは思った。

「ちょっと、ベロニカ」ジュリアがいっている。「ちゃんと聞きなさい。ここによごれた服を積むの（カーペットの一か所を指している）。あんたは、そっちの端《はし》からはじめて。あたしは、こっちからやるよ」

ジュリアは注意深く人形を一体つまみあげ、服をぬがせ、さっき示《しめ》したカーペットの上にきちんと置いた。

となりにすわっていたラジャーは、ごわごわしたカーペットが足にちくちくして、気持ち悪いったらなかった。もぞもぞと動いて、足の下にスカートをたくしこむ。

やんなっちゃうな、女の子の友だちがほしいっていうんなら、女の子として暮《く》らすよりしょうがないけどさ……。ラジャーは、胸《むね》のなかでぶつぶつ文句《もんく》をいった。だけど、どうしてズボンをはいた女の子を想像してくれなかったんだよ。それって、そんなにむずかしいことかな？

ラジャーは、人形の足を持ってつまみだした。

「だめ、だめっ！　気をつけてよ」ジュリアが、あわてていう。「ブルーンヒルダは、さかさまにされるのがきらいなんだよ。気をつけて」

ラジャーは、頭を上にして、ブルーンヒルダをきちんと置いた。じゅうぶんに気をつけたつもりだ。

それから、人形のドレスを見てみた。

「これ、きれいだよ」

「こっちへちょうだい」

ジュリアは、手をのばす。ラジャーは、人形を手わたした。

ジュリアは、人形をじろじろ調べて、くんくんかいでから返してよこす。

「よごれてるじゃない」

五分後に、ジュリアのいう「よごれた服」の山ができた。ラジャーには、どれも似《に》たり寄ったりの服にみえる。そして人形の家は、はだかの人形でいっぱいになった。

「さあ、洗《あら》うよ！」ジュリアはそういうと、子ども部屋を出て、どしどしと洗面所《せんめんじょ》とトイレを兼《か》ねたバスルームに行く。ラジャーは、両手に人形の服の山を持ってついていった。

こんな朝を、ラジャーが望んでいたわけではなかった。

いっぽうで、この家にいさえすれば、バンティング氏に追われることはなかった。ジュリアがラジャーの（いや、少なくともベロニカの）存在《そんざい》を信じている以上、どんどん薄《うす》くなって消えていく心配もない。

とはいえ、アマンダとの距離《きょり》は、ちっとも縮《ちぢ》まっていない。ラジャーはジュリアのことを、アマンダにまっすぐ通じる道だと思っていたのだが、それどころではない。その道は行き止まりになっているのだ。ジュリアは病院に行く気などまったくないし、もし行ってくれなければ、ラジャーひとりでは行くことなんかできっこな

かった。

なにか、別の計画を考えなくちゃ。新しい計画。追加計画だ。

ふたりで洗面台《せんめんだい》の前に立ち、人形の服を洗剤《せんざい》と水で洗《あら》っているあいだ、ラジャーはずっとそのことを考えていた。

「ママは、お湯を使わせてくれないの」お湯で洗わないのかとラジャーがきくと、ジュリアは答えた。「やけどするかもしれないし、電気のむだづかいだからって」

どうやったら、病院にたどりつくことができるだろう？　ラジャーは、トイレのふたの上に立って、お風呂《ふろ》の上にわたした洗濯《せんたく》ロープにちっちゃな服をつるしながら、ずっとそのことを考えていた。

アマンダは、救急車で病院に行ったよね？　そして、救急車が来るのは、なにか事故《じこ》があったときだ。

でも、ぼくは事故にあいそうもないな。病院につれてってもらうようなことは、ぜったい起こらない。だいいち、姿《すがた》の見えないものが事故にあったって、だれも電話で救急車を呼《よ》んだりしてくれない。それに、病院に行くためには本当にけがをしなければいけないけれど、それも無理そうだ。

ラジャーはほんものの人間ではなかった。けがをするのって、ほんものの人間だけだと、ラジャーは思った。ラジャーは、アマンダとまったく同時に、おなじ車にはねられたが、地面にごろっと転がっただけで、すぐに立ちあがることができた。けがといっても、せいぜいひざに打ち身ができたのと、ひじをすりむいただけで、それも意識《いしき》する前に消えてしまった。

見えないお友だちがけがをするなら、ほんものの人間の友だちがそれを想像《そうぞう》するしかないのだ。ちょうどジュリアが、スカートをはいた赤毛の女の子を想像したように。

だけど、ひとつだけ方法があるな。ふいに、ある計画がラジャーの頭のなかにぽっかりと浮《う》かんだ。それは危険《きけん》だし、おそろしくまちがった方法だとは思う。けれど、もしも裏目《うらめ》に出てラジャーのほうがひどい目にあわないかぎり成功《せいこう》するはずだし、病院に行くこともできる。

だけど、そんなことができるだろうか？　そんな勇気があるかな？　やるべきだろうか？　友だちだったら、ぜったいしないようなことじゃないか。いや、思いきってやるっきゃない……。

「ジュリア？」階段《かいだん》の下から、ジュリアのママが呼《よ》んだ。

「なあに？」ジュリアは、大声で返事する。

「あの……ええと……ベロニカは、まだそこにいるの？」

「うん、ママ。あたしたち、バスルームにいるの」

「ええと……ジュリアちゃん、そこでなにをしてるの？」

「なにをしてると思ってるのよ？」ジュリアは、バカにしたように大声でいいかえす。「いま、バスルームにいるっていったでしょ」

ジュリアのママは、どこかに行ってしまったようだ。

ラジャーは、もう一度さっきの計画を考えてみた。ずらりとつるした人形の服からポタポタしずくが垂《た》れて、お風呂《ふろ》のなかに落ちている。ラジャーは、ジュリアの顔を見た。

この子の楽しみは、こういうこと。ぼくやアマンダとは、まるでちがう。ぼくがアマンダのところにはやく帰れば帰るほど、みんなが幸せになるんだ。もう、これしか方法がない。

「つぎは、なにをするの？」ラジャーはきいた。

ジュリアは、タオルで手をふきながら、ちょっと考えた。

「ジュースを飲むの。すっごく働いたあとだからね」

ジュリアは、廊下《ろうか》に出ていく。ラジャーも、あとについていった。最後にもう一度、自分の計画を思いえがいてみる。どうか、この計画がまちがったことではありませんように。ラジャーは、声に出さずに「ごめんなさい」といった。

ジュリアが、階段《かいだん》の降《お》り口《くち》に立った。ラジャーはジュリアの足首に、自分の足をからませ、両手で背中《せなか》をおした。

10

ジュリアは、階段の上から、まっさかさまに宙《ちゅう》に飛んだ。

「キャアア！」落ちながら、さけぶ。

まさにそのとき、運のいいことにジュリアのママが、電話の子機を手に階段の下にやってきた。「ジュリアちゃん、靴《くつ》をはいてね。これから……」と、おそろしい光景が目に入った。なんと娘《むすめ》が、まっすぐに自分に向かって飛んでくるではないか。ジュリアのママは子機を落とし、とっさに両腕《りょううで》を広げた。

ジュリアは母親の上に落ち、ふたりはあお向けに倒《たお》れたものの転びはせず、そのまま玄関《げんかん》のドアにドーンとぶつかった。

「どうしたの？　だいじょうぶ？」やっと息ができるようになったジュリアのママが、娘にきいた。

「ベロニカが、あたしに足を引っかけたんだよ」ジュリアは、いまにもワアッと泣きだしそうだ。

「それなのよね」ジュリアのママは静かに、でもきっぱりといった。「いまいおうとしてたんだけど、やっと病院の予約がとれたのよ。特別なお医者さんにあなたをみてもらいましょうね」

「お医者さんって？　あたし、病気じゃないよ。お医者さんになんか、行きたくない」

「ああ、ジュリアちゃん」母親は、娘《むすめ》の顔にかかった髪《かみ》をやさしくかきあげた。「あなたは、自分がなにをいってるか、わかってないのね。まだベロニカって子が見えるなら、いまさっき、その子が足を引っかけて階段《かいだん》からつき落としたって信じているなら、どうしてもお医者さんにみてもらわなくっちゃいけないの」

「お医者さんなんか、だいっきらい」ジュリアは、母親を両手でおして、にげようとした。

「変なにおいがするし、手が冷たいんだもん」

ジュリアのママは、電話機の子機を拾いあげた。

「とにかく、ジュリアちゃん。病院の予約がとれたのよ。あと四十五分で、病院に行かなくっちゃ」

「だってえ……」

「靴《くつ》をはきなさい」

ラジャーは、まだ階段の上にいた。そんなことをやってしまった自分がおそろしく、みじめな気持ちでいっぱいだった。

ジュリアの足首に自分の足をかけたとたんに、この計画はまちがっていると気がついた。でも、時すでにおそく、ラジャーの両手はジュリアの背《せ》をおしていた。うまくいくという点ではまちがっていなかったが、そもそも計画自体がまちがっていたのだ。どれほど後悔《こうかい》してもしきれないほどだった。

いくら病院に行ってアマンダに会う必要があっても、そのためにだれかを傷《きず》つけたりしてはいけなかった。アマンダが知ったら、どういうだろう？　きっとかんかんにおこるにきまってる。だって、ジュリアはアマンダの友だちだもの、ぼくがけがをさせたりしたら、どんなにショックを受けるだろう。

ジュリアのママが、ちょうどいいところにあらわれてくれたのは、本当にありがたかった。おかげで、ラジャーは少しばかりほっとすることができた。

そのあとで、ジュリアのママの言葉が聞こえてきた。ジュリアを病院につれていくといっている。これだ。これこそ、待ち望んでいたことじゃないか。けっきょく、計画はうまくいったんだよ。

　ジュリアがお母さんに引きずられるようにして玄関《げんかん》から出ようとしているのを、ラジャーはじっと見守っていた。

「ちょっとお、ママったらあ」ジュリアは、文句《もんく》をいっている。

ラジャーは、そっと階段《かいだん》を下りかけた。

　ジュリアが気づいて、いやな目つきでにらみつけた。

「あんた、あたしに足を引っかけたね」

　ジュリアのママは、玄関ドアをおしあけながら、声をひそめていった。

「ジュリアちゃん、まだ、その子がいるの？」

「階段にいるよ。あたしたちについてこようとしてるんだ」

「そうなの。だったら、お医者さんもその子に会いたいんじゃないかしら」

「だめだよ」奥歯《おくば》をぎりりとかみしめながら、ジュリアはそっぽを向く。「あいつは、ここで留守番《るすばん》してなきゃ。あたし、あいつのこと、だいっきらいなんだもの」

　ジュリアがそういったとき、ラジャーの左足の先が、ほんのかすかにちりちりっとした。それがなにか、ラジャーにはわかっていた。前にも、感じたことがある。

そのかすかなちりちりは、からだがぼんやりと薄《うす》くなって、やがて消えてしまう前に感じる、最初のしるしなのだ。

ぼくは、「見えないお友だちでいる」という仕事が、ほんとに下手《へた》なんだと、ラジャーは痛《いた》いほど思った。

まるっきり、めちゃくちゃにしちゃったじゃないか。なにもかも。

外に出たジュリアは、ラジャーがまだ家のなかにいるのに、ドアを乱暴《らんぼう》にしめた。ドアの取っ手を動かしてみたが、ジュリアのママが外側から鍵《かぎ》をかけている。ラジャーは家のなかにとじこめられてしまった。

居間《いま》を走りぬけて、キッチンに行った。キッチンには、裏口《うらぐち》がある。朝食のコーンフレークを食べているときに、気がついた。裏口のドアの取っ手も試《ため》してみたが、やっぱり外側から鍵がかかっている。

窓《まど》は？　窓をあけるには、調理台に上がってから、じゃまになる花びんをどけなければいけない。でも、だめだ。キッチンの窓もまた、鍵《かぎ》をかけるようになっており、その鍵のありかがわからない。鍵を探《さが》していたら時間がむだになる。もう、ジュリアたちは車に乗っているだろうし、すぐにでも出発してしまうだろう。

ラジャーは、あたりを見まわした。あと少しで、病院に行けそうだというのに……。ついに、だれかが病院に行くことになったというのに、置いてきぼりにされてしまうなんて……。がっかりするやら、いらいらするやらで、ラジャーは大声でさけびたくなった。その代わりに、朝食のときに腰《こし》かけていた丸椅子《まるいす》をけとばした。

丸椅子は倒《たお》れて、床《ゆか》を転がっていく。

転がっていった先は、裏口《うらぐち》のドアのすぐ横だった。そのとき、あるものがラジャーの目に入った。最初に裏口のドアをあけようとしたときには、気づかなかったもの。

ネコ用の小さなドアだ。

ひざまずいて、ネコ用ドアを頭でおしてみる。

ありがたいことに鍵はかかっていなかったし、頭が外に出たので庭の新鮮《しんせん》な空気を吸《す》うことができたが、肩《かた》がつっかえてしまった。

どこか近くで、エンジンの音がして、車が動きだす気配がする。

と、ラジャーの足の先がちりりっ、手の先もちりちりっとしてきた。そうだ。ジュリアがラジャーを無視《むし》しているなら、信じようとしないのなら、それを逆手《さかて》に取ればいい。ラジャーはアマンダのことを思い、ネコのジンザンに会う前にどんな感じ

がしていたか、思い出そうとした。アマンダが死んでしまい、自分ひとりがこの世に残されたと思いこんでいたときの話だ。あのときは、自分のからだがどんなにたよりなく、煙《けむり》のようにふわふわしていたことか。

アマンダは死んだ、ジュリアは自分のことをにくんでいる……そう思わなければ。エミリーのことも思い出そうとした。エミリーが、どんなふうにこの世から消えたかということも。そのとき、エミリーがどんな姿《すがた》かたちをしていたか、ちゃんと思い出せないのに気づいた。ラジャーの記憶《きおく》のなかにいるエミリーは、ぼうっと消えかけている。ほかのみんなの記憶から、エミリーがすっかり消えてしまったのとおなじように。

あたりに火薬のにおいが漂《ただよ》っていた。おもちゃのピストルをつづけざまに十発撃《う》ったようなにおいだが、だれも撃たれてなんかいない。

たしかに、ラジャーは消えかけている。ネコ用ドアに身をねじりいれ、ぐいと前進してみた。

肩《かた》が、やわらかくなっている。

ネコ用ドアの枠《わく》はプラスチック製《せい》なのに、砂《すな》や、ほこりでできているような感じがした。つぎのしゅんかん、ポンッとからだがぬけ、ラジャーは庭に出ていた。

地面にからだをしたたかに打ちつけたが、痛《いた》くはない。

ラジャーは、身を起こした。なんだか悲しくてたまらない。胸《むね》が痛む。そのまま地面にすわって、悲しみが消え去るのを待ちたかった。けれどもそのとき、車輪が小石をふむ音が聞こえてきた。ジュリアの車が出ていく。なんのためにがんばって家から出たか、ラジャーは、思い出した。

ラジャーは、しっかりと立ち上がった。ラジャーの足は、様々な大きさの石を敷《し》きつめた小道の硬《かた》さを、ふたたび感じている。ラジャーは、走った。門をあけ、まっすぐに走った。

ジュリアを乗せた車はバックして、向きを変えようとしていた。ジュリアのママがふりかえってこっちを見ている。後部座席《こうぶざせき》にいるジュリアが、ラジャーを指さしている。なにかわめいているのだが、まったく聞きとれない。

これからやるべきことが、ラジャーにはっきり見えてきた。ジュリアは車に乗せてくれっこない。だったら、こうするよりほかないじゃないか。

ラジャーは車にかけよると、ボンネットに飛びのり、ワイパーをつかんだ。

もちろん、ジュリアのママはラジャーが見えないので、平気な顔をしている。だが、ジュリアには見えた。後部座席からラジャーを指さし、大声を上げている。

ボンネットの上のラジャーには、なにをいっているかわからない。

ただ、これだけは、たしかだ。こうしてボンネットに乗ってワイパーをつかみ、目の前にいる以上、ジュリアはラジャーの存在《そんざい》を信じないわけにはいかないのだ。だから、ラジャーは薄《うす》くなって、消えてしまう心配はない。今朝、ジュリアの家にやってきてからいままでのあいだに、これほど自分がたしかに存在しているんだと感じられることはなかった。胸にふれるボンネットの金属板は熱く、こぶしの当たるフロントガラスは、ひんやりと冷たい。

そして、車は出発した。いままで気にならなかった風が、急に大問題になってラジャーに襲《おそ》いかかってきた。

ラジャーは、車のボンネットに乗ったことなど一度もなかったし、スカートをはくのもはじめてだ。アマンダはいつも、新しいことをするのにためらっちゃだめだよとはげましてくれたものだが、ラジャーはこの朝、はじめての経験《けいけん》をなんとふたつも味わっていた。

風でまくれあがったスカートが、ラジャーの頭にかぶさり、フロントガラス全体をおおった。

ラジャーの足も、ラジャーのパンツも、世界中に丸見えになった（ジュリアがどんなものを想像したかあいにく見ていないけれど、パンツのことまで想像してくれていたのは、ありがたい）。もしもパンツをはいてなかったら、どんなにはずかしかったことか！

いっぽう後部座席《こうぶざせき》にいるジュリアは、フロントガラスがベロニカのスカートですっぽりおおわれたのを見て、おそろしくてたまらず、どうしたらいいかわからなくなった。車の前からはどう見えるだろうと想像すると吹《ふ》き出《だ》しそうになったけれど、フロントガラスがスカートですっぽりおおわれているのに、母親が運転をつづけているのが不安でたまらない。

もちろんジュリアは運転できないけれど、運転している人は、前が見たいと思うんじゃないかな。

「ねえ、ママ」不安をにじませた声で、ジュリアはいった。

「なあに、ジュリアちゃん」

「あの子、まだいるよ。そこに」

「ボンネットの上ってこと？」母親の声は、落ち着いていた。気味の悪いほどに。

「うん。ワイパー、動かしてよ」

「だけど、雨は降《ふ》ってないじゃない」

「動かしてっていってるの」

ジュリアのママは、どうしたらいいかわからなかった。後部座席にいる娘《むすめ》は、ますます気が立っておかしくなっている。しかたなく、いわれたとおりにワイパーを動かすことにした。


ラジャーは、必死にボンネットにしがみついた。


やっと車は、病院の駐車場《ちゅうしゃじょう》に乗りいれた。

「さあさあ、ジュリアちゃん」ふたりで車をおりてから、ジュリアのママはいった。「これから『児童精神《せいしん》科《か》』って書いてあるところを見つけなきゃいけないの。あなたも、見つけるのを手伝ってくれる?」

ふたりは、おそろしく大きな建物《たてもの》に向かって歩きだす。ずらりと並《なら》んだ何百という窓《まど》が朝日を浴《あ》びて、照明をいっぱいに浴びた断崖《だんがい》のように輝《かがや》いている。

　ジュリアは、最後にもう一度ふりかえると、意地の悪い声で小さく笑った。


　やっと車が着いたときには、ラジャーはからだじゅう傷《きず》だらけで、スカートのなかも寒さで凍《こお》りついていた。ズボンさえはいていれば、なにもかもずっと楽だったのに。アマンダだったら、ぜったいにズボンをくれていたなと、ラジャーはずっと思っていた（けれども、ラジャーが疾走《しっそう》する車のボンネットの上に乗ることができるとわかっていたら、アマンダはおもしろがって、いままでにやらせていたにちがいない。このことは、けっしてアマンダにいってはいけないと、ラジャーは心のメモに書きとめた）。

　ジュリアと母親が行ってしまってから、ラジャーはボンネットをすべりおりた。暴走《ぼうそう》した回転木馬から下りた男の子みたいに、あるいは洗濯機《せんたくき》のなかに入っていた男の子のように、ふるえがとまらない。

　車のミラーを横目で見ると、見知らぬ赤毛の女の子に変身した自分が、まじまじと見つめ返してくる。

南大西洋の逆巻《さかま》く荒波《あらなみ》のように揺《ゆ》れていたまわりの世界が、やっと揺れるのをやめてから、ラジャーは背《せ》すじをのばして病院に向かった。

11

風が吹《ふ》きつけるたびに、目にかかる髪《かみ》をかきあげ、破《やぶ》れかけたスカートを引きさげなければならない。ラジャーは、こういうドレスを着る練習なんかしていないから、もう慣《な》れるよりほかなかった。

いったい、いつまでこんなことがつづくんだろう。もうジュリアの友だちではなくなったのだから、いつものぼくにもどれるのかな？　いや、ずっとこのままでいるのかも。それとも、もうすぐ消えてしまうのかな……。

あのちりちりっとする感じが、またもどってきていた。

とにかく最初にアマンダを探《さが》さなくちゃ。それで、万事解決《ばんじかいけつ》だよね？　アマンダが、ぼくのもともとの姿《すがた》を想像してくれるはずだもの。

ラジャーは病院の玄関《げんかん》のガラスドアに向かっていった。ラジャーが近づくと、ドアはひとりでにあいた。歓迎《かんげい》してくれたみたいに。なんて心が広いんだろう。さんざんひどい目にあってきたあとだから、ほんのちょっと親切にされたような気がして、ラジャーはたちまち元気になった。

まず、受付のカウンターに行った。カウンターの上には、「病院案内」と書かれた看板《かんばん》がかかっている。ここなら、アマンダがどこにいるか教えてくれるだろう。もしも……。もしも、ラジャーがほんものの人間の子どもなら……。カウンターの向こうにいる男の職員《しょくいん》には、ラジャーの姿が見えていないのだ。

でも、そのほうが、かえって都合がいいのでは？　カウンターの後ろにこっそりまわって、病室のリストかなにかを見ればいい。かんたんじゃないか。

すぐにラジャーは受付の職員の後ろに立って、たくさんの書類をはさんだフォルダーをのぞきこんだ。でも、あまり役に立ちそうもない。とても大きな病院だから、入院患者《かんじゃ》の名簿《めいぼ》は何ページにもわたっているうえに、名前のあとに書いてある略字《りゃくじ》や数字がいったいなんのことか、ラジャーにはさっぱりわからないのだ。

役に立たないどころか、最悪だ。

いっそのこと、小児病棟《びょうとう》を見つけて（子どもはみんな、おなじところに入ってるはずでは？）、ベッドをひとつひとつ調べていったら。もしかして、それがいちばんいい方法かもしれない。

そう考えながら、ラジャーはふと顔を上げた。

玄関《げんかん》の自動ドアがあいて、男が入ってくる。ラジャーには、すぐにわかった。口ひげをなでる手つき。はげ頭に、黒いサングラスをおしあげるやりかた。あのしぐさは……バンティングじゃないか！

ラジャーは、さっと職員《しょくいん》の後ろにかがみこんだ。十秒後に、バンティング氏が職員に話しかける声が聞こえた。

「シャッフルアップというんだが。入院してますかね？」

「シャッフルアップさんですね？　お名前のほうは？」

「わたしの？」

「いえ、患者《かんじゃ》さんのですよ。シャッフルアップさんというのは、よくある苗字《みょうじ》ですからね。お名前は、ご存《ぞん》じですか？」

「ああ、ちょっと待てよ。ええ、もちろん知ってます。その子は……アマンダ・シャッフルアップだ」

「ちょっと待ってくださいよ」

職員《しょくいん》は入院患者《かんじゃ》の名簿《めいぼ》のページをめくって、指でたどっていき、探《さが》している名前を見つけた。

「五階ですよ」と、職員は教えた。「117号室。でも、面会時間は、昼食の後です。

午前中に面会できるのは、ご家族だけで。それとも……ご家族ですか？」

「いいや」バンティング氏は、首を横にふった。「家族じゃないんだ。ただの友人でね。午後から、117号室だね？」

「午後二時からです」

「わかった。それまで待つことにしよう」

「よろしく」職員はそういうと、また書類に目を落とした。

数秒後に、職員はまた顔を上げた。

「なにか、ほかにご用でも？」

「においがないかね？」バンティング氏は、鼻をくんくんさせている。「なにかのにおいがするんだが。あんたには、においませんかね？」

「ああ、床磨《ゆかみが》きの洗剤《せんざい》を変えたんですよ」と、職員は答えた。「この月曜日に変えたばかりなんです。レモンのやつは使わないようにいったんですが。ほら、アレルギーの人がいるでしょう？　ピーナツやなんかのアレルギーみたいに。なんてったって、ここは病院ですから、ね？」

「うーむ」バンティング氏は、職員の言葉を無視《むし》して、ひとりごとをいっている。「レモンじゃないいな。これは……いや、なんでもない」

そういうと、バンティング氏は去っていった。ラジャーの耳に、重い足音が遠ざかっていくのが聞こえた。職員の足元に、ボールペンが落ちている。ラジャーはそれを拾って、手の甲《こう》に「5」「117」と書きとめた。バンティング氏も、けっこう役に立つことがある。

だけど、いったいどうしてあいつが、アマンダを探しているんだろう？

それに、なんのにおいをかぎつけたのかな？　ひょっとして、ぼくのにおい？　バンティング氏は、消えそうになっているもののにおいをかぎつけるとか。だから、あの日、アマンダの名前を知ったのかも。

ラジャーは、カウンターの横からちょっとのぞいてみた。バンティング氏は玄関《げんかん》ドアの横のベンチにすわって、新聞を読んでいる。

ラジャーは、できるかぎり音を立てずに走って、「非常口《ひじょうぐち》」と書いてあるドアに向かった。

病気の子どもがおおぜいいる、カラフルな小児病棟《びょうとう》のドアの前をいくつも通り、ピーピー音を立てる機械と、むずかしい顔をした大人たちのいる部屋も通りすぎる。

ある病室のベッドわきの椅子《いす》に、小さな女の子が腰《こし》かけていた。その子は目を上げて、ラジャーが自分のほうを見ているのに気づいた。それから、にっこり笑った。

ラジャーも、女の子に笑いかけた。

いっしゅん、病室に入って注意してあげようかなと、ラジャーは思った——気をつけたほうがいいよ。一階のロビーに、きみやぼくみたいな子を飲みこんじゃう男がいるから。けれども、その子をおびえさせたくはなかった。バンティング氏は、アマンダを探《さが》しにここに来ている。それは、本当はラジャーを見つけたいからだ。だから、ほかの見えないお友だちは、ほんの少しのあいだだけでも無事でいられるはずだ。本当にそうだといいなと、ラジャーは思った。

もう一度、小さな女の子に笑ってみせてから、その病室が何号室か見てみた。84号室だ。

ラジャーは、さらに廊下《ろうか》を進んだ。

長い廊下には、消毒薬と包帯のにおいが漂《ただよ》っていた。のんびりとモップを動かしている清掃係《せいそうがかり》もいれば、台車をおしてエレベーターにいそいでいる人もいる。ラジャーには、だれも目をくれない。

それでもラジャーは、だれかにじっと見張《みは》られているような気がしていた。

後ろをふりかえってみる。だれもいない。あの、笑顔《えがお》を見せた女の子が、病室から出てきてラジャーを見ているわけでもない。だれも、見ていない。ラジャーが目にしているのは、みんなほんものの人たちばかりだ。

でも、やっぱり……。廊下を歩いていくラジャーの首筋《くびすじ》を、奇妙《きみょう》な感じがむずむずと襲《おそ》ってくる。

ラジャーは両側の病室のドアを数えながら進んだ。ドアに表示《ひょうじ》されている数字がだんだん大きくなる。

角を曲がると、左側にある備品室《びひんしつ》に「１０９」という札が貼《は》ってあった。ラジャーは、足をはやめた。そこから四つ目のドアが、１１７号室だった。

ラジャーがドアをあけて入ると、アマンダのママが顔を上げた。

「またあいた。いやね、このドアったら」そういって、ドアをしめる。

アマンダが、ベッドに寝《ね》ていた。毛布《もうふ》の下に、ちんまりと横たわっている。ベッドのわきに機械《きかい》が置いてあって、小さな赤いランプがついたり、消えたりしていた。

アマンダの頭には、包帯《ほうたい》が巻《ま》いてある。車にぶつかったところだ。左腕《ひだりうで》は、ギプスで固定《こてい》されている。骨《ほね》が折れたにちがいない。最後に見たとき、アマンダの左腕がどんなに妙《みょう》な角度に曲がっていたか、ラジャーはおぼえていた。

アマンダは、眠《ねむ》っていた。

ラジャーは、自分の心臓《しんぞう》が止まってしまったのか、それともあまりにはやく打ちすぎて鼓動《こどう》を感じられなくなっているのか、わからなかった。ただもう胸《むね》のなかが、ハチドリの羽音のようにブンブンと鳴っているのだ。ぼうっとして、めまいがする。ここに、アマンダがいる。自分と、アマンダがいる。何日かはなれていたあと、やっとめぐりあえた。

ラジャーは、泣《な》いた（涙《なみだ》は、ひと粒《つぶ》しかこぼさなかったけれど。それ以上泣いたら、アマンダにからかわれてしまう）。

ベッドの横の椅子《いす》に、雑誌《ざっし》が置いてあった。アマンダのママは、椅子に腰《こし》かけて、雑誌を手にした。ひざの上に置いたまま、読もうとはしない。

壁《かべ》のいっぽうに、小さな洗面台《せんめんだい》があり、その横の大きな洋服ダンスには「患者様《かんじゃさま》専用《せんよう》」と書いた紙が貼《は》ってあった。

そこは、大きな病院のいちばん奥《おく》まった病室で、窓《まど》がひとつもなかった。洋服ダンスのわきに、日光をいっぱいに浴《あ》びた森を描《か》いたポスターが一枚《まい》だけ画びょうでとめてある。きれいな部屋とはとてもいえなかったけれど、それでもここにはアマンダがいる。

ラジャーは、ベッドの足元に立って、アマンダをじっと見つめた。

アマンダは、おだやかな顔をしている。息づかいも、夜、子ども部屋のベッドから聞こえてくる寝息《ねいき》とおなじだ。ラジャーは、アマンダの家の洋服ダンスで寝ていたときのことを思い出した。ああ、いったいどんな容態《ようだい》なのか、アマンダのママにきけたらいいのに（レイゾウコのリジーに……ラジャーは、思わずふっと笑ってしまった）。いったいなにが起こったのか、どうにかしてちゃんとききたい。

金属《きんぞく》フレームのベッドの足元に、メモをはさんだクリップボードが下がっていたが、ラジャーの目をひいたのは、べつのものだった。ベッドのフレームから、ほっそりした若木《わかぎ》が生えているのだ。天蓋《てんがい》つきベッドの柱の一本のようにも見える。まっすぐ空に向かってのびた若木は、まだ一メートルにも満たなかったが、細い枝《えだ》のそれぞれに若葉が萌《も》えだしていた。

ただし……ほんものの木ではない。

眠《ねむ》っているあいだでさえ、こうしてアマンダの想像力は、小さな病室を自分だけ

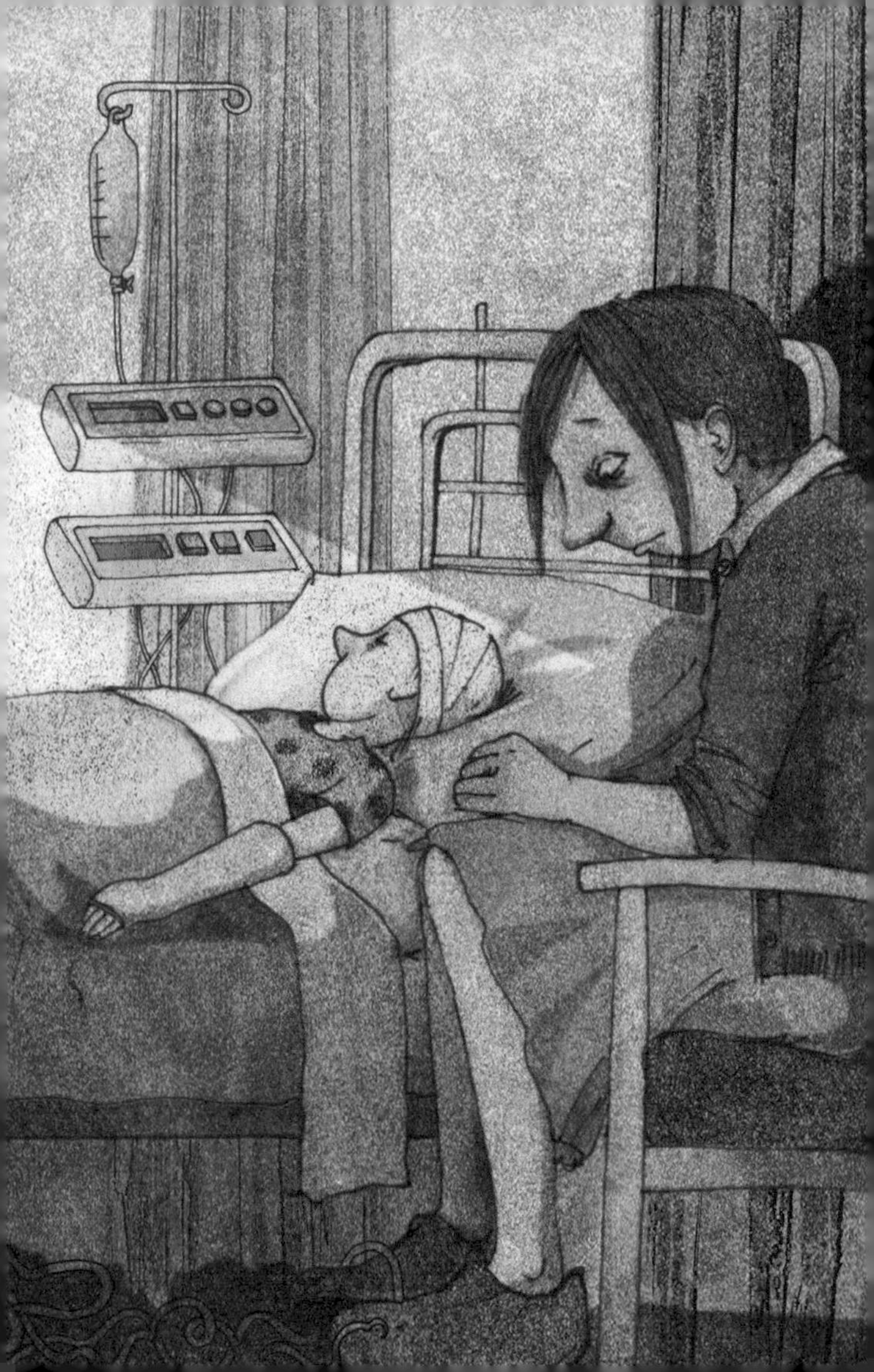

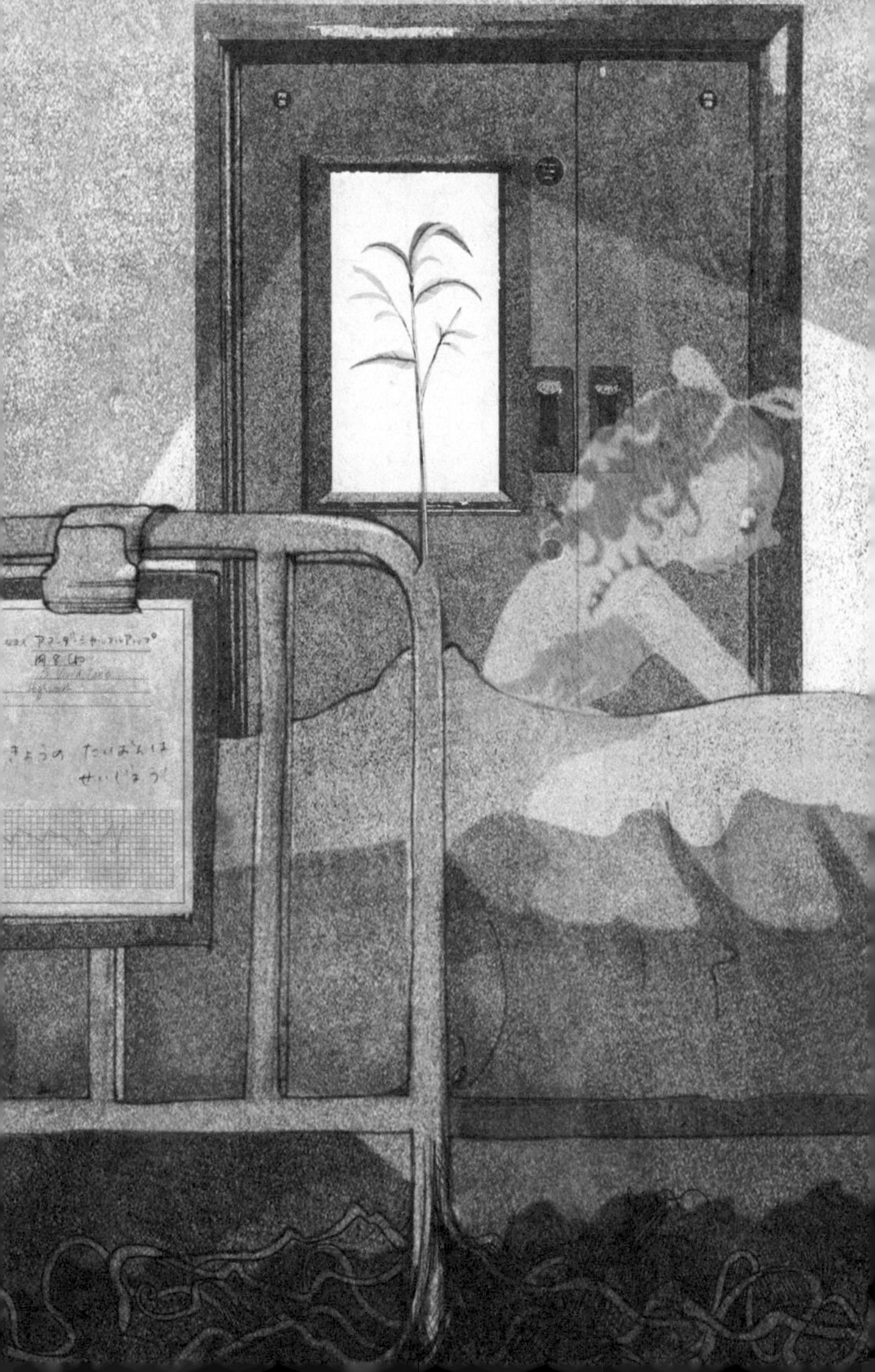
なまえ アフーダーミャンアットアップ
きょうの たいおんは せいじょう

の部屋に変えているのだ。

　ラジャーは、ほこらしい気持ちでいっぱいになった。だからこそラジャーは、ジョン・ジェンキンズでもジュリアでもなく、アマンダがいい。あふれるばかりの想像力に恵《めぐ》まれた、アマンダの友だちでいたい。


「ねえ、アマンダ」アマンダのママは、眠っている娘《むすめ》に語りかけた。「ちょっとお茶を買いにいってきていい？　あなたは、ここにいてね。すぐにもどってくるから。カフェで、なにか買ってきましょうか？」

　アマンダは、なにもいわない。

「ううん、いらない」という返事をきいたように、アマンダのママはさびしげにほほえんだ。

　なんてつかれきった顔をしているんだろうと、ラジャーは思った。目の下にはくまができているし、髪《かみ》だっていつものようにきちんとしてない。あの日からずっと、病室に泊《と》まりこんでいるのだ。ネコのオーブンの世話は、だれがしているんだろうと、ラジャーは心配になった。

アマンダのママは、病室を出ていった。

ラジャーは、雑誌《ざっし》を床《ゆか》に落として椅子《いす》にすわった。椅子は、あたたかかった。ラジャーは、アマンダの肩《かた》の横の白いシーツの上に片手《かたて》をつき、もういっぽうの手で、顔にかぶさってくる、長くて赤い髪をはらいのけた。

「アマンダ。ぼくだよ。ラジャーだよ」

目を覚まさないように、小さな声でいう。バカみたいだなと、ラジャーは思った。ちょっとだけでもいいから、目を覚ましてほしいのに。ぼくがここにいるって、知ってもらいたいのに。探《さが》しまわったあげくに、やっとたどりついて、見つけることができたんだよっていいたい。そしたら、好きなだけ眠《ねむ》っていいよ……。

そっとつついてみる。

「アマンダ？」

ちょっと動いたかな？　息づかいが、変わったのでは？　もしかして、まぶたが、ぴくりとしなかったかな？

ラジャーはベッドの上に身を乗りだして、アマンダの耳元に口を寄せた。

「アマンダ」そっと手をにぎっていう。「ごめん。ぼくのせいで、けがをしちゃって。みんな、ぼくが悪いんだ。ぼくがいなければ、バンティングに追いかけられることはなかったし……車にはねられたりもしなかったんだよね。ぼくのせいだ。なにもかも、ぼくが悪いんだよ。ほんとに、ごめんね。早く、目をあけてよ。でなきゃ、もうさびしくって」

心のうちをすっかりいってしまうと、ちょっとばかり気分が晴れた。肩《かた》から、重荷をおろしたような気がする。本当は、アマンダがちゃんと目を覚ましてから、もう一度あやまらなくてはいけないのだけれど。

椅子《いす》にもどってから、ラジャーは病室をぐるりと見た。

どういうわけか、いっぽうのすみだけが、ほかよりも暗いような気がする。

なんだか変だ。

と、パチッ、カチッと小さな音がして、明かりが消えた。

12

アマンダの病室の明かりは消えたが、ドアにはめたガラスからは、光が差しこんでいる。

そして、あの少女が、口をきかない黒髪《くろかみ》の少女が、氷のような指をしたバンティング氏のお友だちが、すみによどんでいた闇《やみ》のなかから長四角の光線のなかに出てきた。

ラジャーはとっさに立ちあがると、ベッドの足元に跳《と》んでアマンダと少女の間に立った。勇敢《ゆうかん》だったけどバカみたいかもと、ラジャーは気がついた。黒髪の少女は、ラジャーを追ってここに来たのだ。アマンダではない。それでも、ラジャーはかまわなかった。

少女は、骨《ほね》をポキッと鳴らして首をかしげ、ラジャーをにらんだ。これはだれなのか、いったいなにものかと考えているようだ。ラジャーは、自分が全身ピンクの女の子になっているのを思い出した。

黒髪の少女は、くんくんと二度ばかり鼻をうごめかしてから頭を低くして、うなずいた。目の前にいるこの子こそ、自分が待ちぶせしていた獲物《えもの》だと悟《さと》ったのだ。

ああ、どうしたらいいだろう？

「アマンダ！」ラジャーは、さけんだ。「アマンダ、起きてよ！」

ラジャーの背後《はいご》に、アマンダが動く気配はない。

つぎのしゅんかん、少女は指をかぎ爪《づめ》のように曲げて飛びかかってきた（あの路地でラジャーがかみきった指は、太く、短くなってはいたが、すでに曲がった爪《つめ》が生えてきている）。少女はラジャーにのしかかり、シーッという声を上げながら、つかみかかって組みついてくる。そのあいだもずっと、無表情《むひょうじょう》な目がラジャーを見すえている。

冷たい両手でつかまれたラジャーは、背中《せなか》をベッドにしたたかに打ちつけた。病院のベッドには車輪がついているが、アマンダのベッドは、だれかが車輪止めをするのを忘《わす》れたらしい。ふたりがもみあいながらベッドにぶつかるたびに、ベッドは後ろに動いて壁《かべ》にぶつかる。

外の廊下《ろうか》にだれかがいたら、薄暗《うすぐら》い病室のなかで、ベッドがひとりでにドーンドーンと壁にぶつかるのが見えたことだろう。幽霊《ゆうれい》がいると信じてる人がいるのも無理ないなと、ラジャーは思った。でも、幽霊がいたって、ラジャーにはなんの役にも立たない。いま、本当に必要なのは救いの手をさしのべてくれる人だったが、そんな人は来そうもなかった。

だが、その代わりに来るやつを、ラジャーは知っていた。そいつは、かならず来る。こうしているあいだにも、階段《かいだん》を上って近づいてきている。面会時間も病院の規則《きそく》も無視《むし》して、図体《ずうたい》の大きな、はげ頭の、腹《はら》をすかせたあいつがやってくる。

ベッドが三度目に壁《かべ》にぶつかったとき、背後《はいご》からうめき声が聞こえた。小さな声が。そして、咳《せき》と、ため息が。

「う……ん」アマンダが、眠《ねむ》そうな、小さな声を上げる。

「アマンダ！」ラジャーは、大声でさけんだ。ふいにラジャーの胸《むね》のなかに、ささやかな希望が泡《あわ》のようにぽっかり浮《う》かんだ。

少女は、海藻《かいそう》を丸めたような冷たい手でラジャーをつかみ、シーッと息を吹《ふ》きかけてくる。死の息。いや、死そのものだ。

せいいっぱい身をよじると、ラジャーの目にベッドに起きあがったアマンダの輪《りん》郭《かく》が見えた。骨折《こっせつ》してないほうの手で、頭の包帯にさわっている。

「アマンダ、助けてえ！」ラジャーは、荒《あら》い息をつきながらさけんだ。

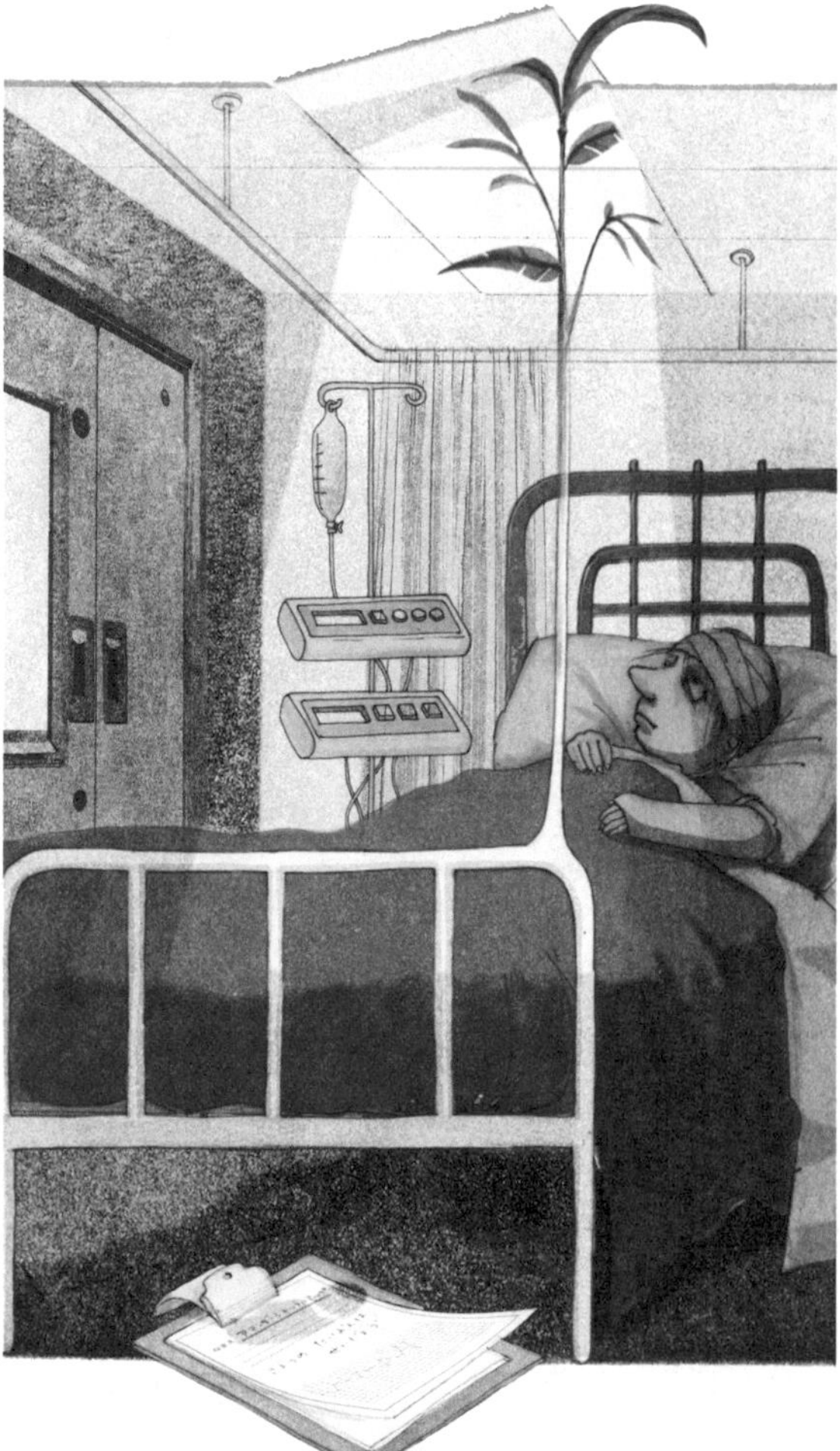

けれども、アマンダにその声は聞こえない。ラジャーの姿《すがた》が、見えてもいない。争っているふたりの、どちらの姿も見えていないのだ。

ラジャーは片手《かたて》で、ほっそりした若木《わかぎ》をつかみ、背中《せなか》が金属製《きんぞくせい》のベッドの枠《わく》に当たるように、えいっとばかりからだを引きずりあげた。両足を上げて、黒髪《くろかみ》の少女の胸に当てる。そのまま、満身の力をこめて、なかばけとばし、なかばおしやると、少女はやっとラジャーからはなれた。そのひょうしに、ベッドの枠にかけてあったクリップボードが床《ゆか》に落ちた。

アマンダは、あくびをした。

ここは、いったいどこ？　はれぼったい目であたりを見まわしてから、またあくびをする。

うちの子ども部屋じゃないみたい。うちのにおいがしないもの。アマンダは、いままでずっと、なんとも奇妙《きみょう》な夢《ゆめ》ばかり見ていた。

そのとき、ベッドが揺《ゆ》れた。なにかが、カランと床《ゆか》に落ちた。

なんだか、へんなぐあいだ。

頭がぼうっとして、めまいがしている。そこらじゅうが痛《いた》くて、のどがかわいていて、いままでにないくらいつかれている。と、ベッドがまた揺れた。アマンダはまばたきして眠気《ねむけ》をおさえ、痛《いた》みをがまんしながら、ベッドに起きあがった。

あたりを見まわす。

たぶん、ここは病院だな。左腕《ひだりうで》はギプスをはめられてる。ずきずき痛い。ママのコートが、ベッドわきの椅子《いす》の背《せ》にかけてある。頭も、すっごく痛い。きっとあたし、事故《じこ》かなんかにあったのかも。

そうだ、走ってて、そしたら車が来て……。そんなら、病室で目が覚めるのもあたりまえだよね……。

ちっともびっくりするようなことじゃないよ。だけど、ベッドの足元に、木が生えているよ。まだ若《わか》い木だな。若い木で、揺《ゆ》れている。これって、おかしいんじゃないの。風に吹《ふ》かれてるみたいに、揺れてるなんて。風なんか、ちっとも吹いてないのに。

きれいな木だよねと、アマンダは思った。じっと見ているうちに、若木《わかぎ》はどんどんのびて、天井《てんじょう》のタイルをおしのけ、病室に日光を招《まね》きいれた。

ちょっとばかり光が入ってきたおかげで、アマンダは気分が良くなった。ママは、どこにいるのかな？

そのとき、ドアがあいた。

病室に入ったバンティング氏は、ドアをしめた。

アマンダの若木を目にしたバンティング氏は、バカにしたように笑った。たちまち、若木はしおれてしまった。枝《えだ》に萌《も》えだした若葉はしなびてしまい、枝も力なく垂《た》れる。

「お嬢《じょう》ちゃん、目を覚ましたんだね」口ひげをふかふか動かしながら、バンティング氏は声をかけた。それから、ぐるりと病室を見まわした。「だが、すっかり目が覚めて、なにもかも見えるようにはなっていないな」

「だれなの？」と、アマンダはたずねた。「お医者さま？」

「ちがう！」ラジャーは、さけんだ。「そいつは、お医者さんなんかじゃない！」

ラジャーは、まだ黒髪《くろかみ》の少女と取っ組みあっていた。少女は身をよじって、片方《かたほう》の手でラジャーの腕《うで》を後ろにひねりあげた。もう片方の手は、ラジャーの長い赤毛を巻《ま》きつけて、にぎっている。おそかれはやかれ、勝負はもうつくだろう。ラジャーは、とうとうつかまってしまった。

少女は、ラジャーを後ろ向きのまま病室の中央まで引きずりだし、ネコがぴくぴく動いている小鳥を飼《か》い主《ぬし》に差しだすように、バンティング氏にささげた。

バンティング氏は手をのばして、ラジャーのほおにさわった。

「こいつが、あの男の子か？　たしかかね？」

少女のくちびるから、くさった、いやなにおいの息がシーッともれる。

「よし、わかった。おいおい、ピンクドレスのラジャー。おれたちを、ずいぶんひどい目にあわせたじゃないか。あちこち走りまわらせやがって。これが見えるかね？」バンティング氏は、ひたいのすり傷《きず》をしめした。「おまえの友だちの、ぎょうぎの悪い、くさいネコにけつまずいちまったんだよ。よくもけがをさせたな、ラジャーめ。だが、知ってるかね、ピンクドレスのかわいい子ちゃん。幸運にもかぎりがあるんだよ。消費期限《しょうひきげん》というやつがな。わかるかね？　おまえの幸運の消費期限は、今日なんだよ」

つぎになにが起こるか、ラジャーにはわかっていた。にげだしたかった。なんとかもがいて自由になり、飛びのきたかった。だが、少女の冷たい手のせいで、その場に凍《こお》りついていた。

「やめろ……」

そのひとことをいうだけで、ほとんど力がぬけてしまった。少女の残忍《ざんにん》な手が、ラジャーの力をすべて奪《うば》いとってしまったのだ。もう、おしまいだ。永遠に。

「だれにしゃべってるの？」アマンダは、男にたずねた。「ロ、ロジャーって？　シーッっていうのは、なんの音？」

この人、お医者さんだと思ってたけれど、たぶんちがうなと、アマンダは思った。だって、病室のまんなかでひとりごとをいってるんだもの。

と、男は、アマンダのほうにふりむいた。

「ほうら、わかったか」口ひげの下で、男はいった。「おまえのことが、見えていないんだよ」

この人、あたしの目を見ていってるけど、あたしにいってるんじゃないな。アマンダは、ぼんやりそう思った。頭が痛《いた》い。なにか、とってもひどいことが起こってるみたいだ。

男はアマンダから目をそらすと、話をつづけた。

「この子は、おまえのことをおぼえていないんだよ、ラジャー。頭をひどく打ったせいだ。悲しいじゃないか。涙《なみだ》をひと粒《つぶ》ほど、こぼしてもいいんじゃないかね。おまえの味が、いっそう良くなるからな。おまえが消える前に、食ってやることにするよ。おれのことを、友だちだと思うといい。親切なバンティングさん、消える前に食ってくれてありがとうってな」

たしかに、あたしは頭を打ったよね。男のいうとおりだ。頭を打つと、記憶《きおく》を失うということも知っている。キオクソウシツ。その言葉ならおぼえている。けど、あたしは、なにを忘《わす》れちゃったの？　男のいうとおりだ。頭のどこかに、穴《あな》があいている。記憶の袋《ふくろ》を、頭のなかでふってみる。たしかに、穴がぽっかりあいていた。けれども、いったいなにを忘れてしまったんだろう？　アマンダにはわからなかった。

病室は薄暗《うすぐら》く、若木《わかぎ》も死んでしまい、天井《てんじょう》のタイルは元どおりになってしまった。胸《むね》がむかむかして、くたびれている。いままでにないくらい、くたびれきっている。

アマンダは、枕《まくら》にもたれた。眠《ねむ》るほうが、ずっと楽だよね。だれだって、じゅうぶんに睡眠《すいみん》をとらなきゃいけないんじゃないの？　テレビでいつも、そういってるじゃない？

　ああ、もうくたくただよ。まぶたがひとりでに落ちてくる。

「アマンダァ！」ラジャーは、絶望《ぜつぼう》の、恐怖《きょうふ》の、怒《いか》りのどん底から、力をふりしぼってさけんだ。「ぼくを助けてえ！」

　アマンダは、大きな、真っ白い枕に、くたっと寄りかかった。

　アマンダに、バンティング氏は見えているが、ラジャーは見えていない。そのことが、すりむいたひざになすりつけられた塩のように、ラジャーを痛《いた》めつけていた。バカにするな。ひどすぎるぞ。アマンダは、ぼくの友だちで、バンティングの友だちなんかじゃないのに。だれかを見るんなら、ぼくを見てほしい。不公平じゃないか。残酷《ざんこく》じゃないか。ラジャーの胸《むね》は傷《きず》ついていた。

　のしかかるように立っているバンティング氏のせいで、遠い砂漠《さばく》の、くさったスパイスのにおいが病室に満ちてきた。ラジャーは、最後の力をふりしぼってもがいた。

ラジャーが頭《ず》つきを食らわすと、少女がよろめいた。まだしっかりとつかまれていたし、髪《かみ》も手にぐるぐる巻《ま》きにされているけれど、少しは反撃《はんげき》できた。

そのままふたり同時に後ろによろけ、「患者様専用《かんじゃさませんよう》」と書かれた洋服ダンスに、ガタンとぶつかる。

吐《は》き気《け》をもよおすような、ゴロゴロという息とともに少女は立ちあがり、ふたたびラジャーを自分の前におしだした。ふたりは、もとの場所にまた立っていた。


アマンダは、洋服ダンスがガタンと鳴るのを聞いて、片《かた》ひじをついて起きあがった。洋服ダンスが揺《ゆ》れて、壁《かべ》にぶつかっている。

そして、洋服ダンスの戸がひらいた。

外の廊下《ろうか》の明かりが、洋服ダンスのなかを照らしだした。

コートとジーンズがハンガーにかけてあり、下にリュックサックが置いてある。どれもアマンダのもので、アマンダのけがが治るのを待っている。

戸の内側に、等身大の鏡が取りつけてあった。いつか、もっとけがが良くなったら、自分の服を着て、鏡をのぞいて、そして――。

つぎのしゅんかん、そんなことは、どうでもよくなった。

洋服ダンスの戸が前へ後ろへ揺れ、鏡がなにかを映《うつ》している。病室のなかと、まるっきりちがう光景が鏡のなかにある。

ピンクのドレスを着た女の子が、青白い化《ば》け物《もの》につかまってもがいているのだ。月光のように白い肉と皮膚《ひふ》にゆらゆらと包まれた、骸骨《がいこつ》の形の化け物。もつれて、ぼろぼろになり、クモの巣がからまった、長い黒髪《くろかみ》。

その光景が、アマンダのなかのなにかを揺さぶった。あの記憶《きおく》、そう、あの記憶……ママの書斎《しょさい》にいたときのこと。たしか、デスクの下にかくれていたんだよね。で、ベビーシッターのゴールディーが、あたしを探《さが》しにきて……。

あれは、なんだっけ？

あの、化け物と闘《たたか》っている女の子はだれだっけ？

なんで、頭のなかに「女の子」ではなく、「男の子」という言葉が浮《う》かんでくるんだろう？

そして、とうとうすべてがよみがえった。

アマンダは、なにもかも、すっかり思い出したのだ。

13

ラジャーの身に、ふいにふるえが走った。奇妙《きみょう》な、あたたかい感じがするふるえだった。そして、なにかが起こった。

とつぜん自由になったのだ。

よろけて洋服ダンスにぶつかった黒髪《くろかみ》の少女は、立ちあがるときにラジャーの腕《うで》をつかんでいる手をゆるめた。けれども、もういっぽうの手に、ラジャーの赤毛の長い髪を巻《ま》きつけていたはず。ところが、その髪が消えてしまったのだ。ベロニカの姿《すがた》が消えると同時に、少女の手にはもやのようなものだけしか残っていなかった。そして、ラジャーはもとどおり、アマンダの見えないお友だち、ラジャーにもどっていた。

忘《わす》れていたエネルギーがラジャーの手足のすみずみまでみなぎり、心臓《しんぞう》も力強く打ちはじめる。いまこそチャンスだ。ラジャーは少女をおしのけ、身をかがめてバンティング氏の横をすりぬけると、アマンダのベッドにかけよった。

黒髪の少女から解放《かいほう》されたことで、ふたたび希望が生まれた。ラジャーとアマンダにも、チャンスがある。

「はやく」アマンダは、良いほうの手をのばして、ラジャーをベッドに引っぱりあげた。

「これは、これは。なんたること」バンティング氏は、ゆっくりとふたりのほうにふりむくと、かぶりをふった。「わたしは、その……おどろかせたくなかったんだが……シャッフルアップのお嬢《じょう》ちゃんをね。人間がなにかを忘れるというのは、きわめて自然なことなんだよ。そのほうが、心が傷《きず》つくこともない。わたしに、この子をくれたら――」

「だめっ。ラジャーは、わたさないよ」アマンダが、バンティング氏の言葉をさえぎった。

「こいつ、見えないお友だちを飲みこんじゃうんだ」ラジャーは、声をひそめていった。

「ぼく、見たんだから」

「ここからにげなきゃ」アマンダも、ひそひそ声でいう。

「だけど、どうやって?」

ふたりは、病室のなかを見まわした。ちょっと見ただけで、とても無理だとわかる。アマンダがけがをしていて、まだ弱っているというだけではない（もっとも、ラジャーが来てくれたおかげで、ずっと気分も良くなり、目もぱっちりあいたが）。たったひとつのにげ口であるドアは、バンティング氏の背後《はいご》にあり、通してくれるはずがない。何度見たところで、やっぱり無理にはちがいなかった。

と、かんだかいシーッという声とともに、長い黒髪《くろかみ》の少女が、ふたりに飛びかかってきた。アマンダがさっき鏡のなかに見た化《ば》け物《もの》ではなかった。あの日、家の戸口に立っていた、悲しげな、青白い顔の少女だが、おそろしいことにかわりない。

ラジャーは、思わずひるんで身を縮《ちぢ》めた。あの氷のような手につかまれる！　だが、少女がベッドに飛びのろうとしたしゅんかん……。

あたりの空気が、ちらちらっと光った。

少女は、ふたりに飛びかかるかわりに、ガラスのドームに激突《げきとつ》した。どこからかドームがあらわれて、ベッドをすっぽりおおっていたのだ。

ラジャーは、ぐるりと見まわした。すぐ横に、コントロールパネルがあって、真鍮《しんちゅう》のボタンやら、目盛《めも》りやら、ハンドルやらがたくさんついている。ラジャーには、わかった。もちろん覚えていた。それは、ふたりで乗りこみ、海洋探検《たんけん》に出た潜水《せんすい》

艦《かん》だったから。

でも、それは想像の産物。ほんものではない。

ラジャーは、アマンダの顔を見た。

「すぐに思いついたんだよ」アマンダは、いう。「潜水艦は水を通さない。だから、あいつらも入ってこられないって」

「だけど、これってほんものの潜水艦じゃないから……」

「あいつらだって、ほんものじゃないもの」

ふたりの頭上にいる少女は、水も空気も通さない、厚《あつ》いガラスに爪《つめ》をたてて、ひっかいている。怒《いか》りで、少女の顔はますます白くなり、見すえてくる瞳《ひとみ》は暗黒の穴《あな》のようだ。顔のまわりに広がった、黒いタンポポの花びらのような髪《かみ》が、水流に乗って、後ろへ前へ流れている。

「あの子は、入ってこられないよ」アマンダがいう。「永久に壊《こわ》れないように作っといたからね」

ガラスドームをひっかいていた少女は、手を止めた。ドームの上に正座《せいざ》して、じっとそうしたまま、ふたりから目をそらした。バンティング氏を見ているのだ。

バンティング氏は、拍手《はくしゅ》している。いつのまにか旧式の潜水服を着て、水中にいる。大きな真鍮《しんちゅう》のヘルメットに丸い小さなガラス窓《まど》がついているやつだ。

　魚が、バンティング氏の横を通りすぎる。

「なかなかうまくできてるじゃないか」バンティング氏の声は潜水艦《せんすいかん》のスピーカーから聞こえてくるので、バリバリと雑音《ざつおん》がまじっている。「じつに、きらめくような才能《さいのう》の持ち主。大きな夢《ゆめ》のある女の子だな」

　アマンダは、インターコムのボタンをおしていった。

「夢なんかじゃないよ。これは二人乗りの潜水艦で、水深五キロ以上のところに最長八時間はもぐっていられるんだから。見ててごらん」アマンダは、ボタンをおすのをやめて、ラジャーにささやいた。「そのころには、ママが帰ってくるから、警《けい》備《び》のおじさんを呼《よ》んで、あいつを追いだしてくれるよ」

「ひとつ忘《わす》れてるね、お嬢《じょう》ちゃん」バンティング氏がいう。

「えっ？」

「わたしは、お嬢ちゃんよりずっと年をとっている。ずっと知恵《ちえ》があるし、からだが大きいし、かしこい。いままで、それはそれはたくさんのことを見てきている。たくさんの夢を見てきている。お嬢ちゃんが名前すら知らない世界を、想像してきたんだ。あちこち旅をして、あらゆるところで見えないやつらを食って――」

潜水艦のドームの上にいる少女が、ガラスをドンドンたたいてから、バンティング氏めがけて泡《あわ》をシーッと吐《は》いた。

「わかった、わかったよ」だから、もうたたくのをやめろと、バンティング氏は少女に手をふった。「長たらしくて、まだるっこしい話はするなっていうんだろう。わかってるよ。わかってるったら。だが、これだけはいわせてくれ。おまえは……」バンティング氏は手を上げて、ゆっくりとアマンダを指さした。「……じゃまなんだよ」

真鍮《しんちゅう》のヘルメットのなかで口ひげがふるえたかと思うと、大海原《おおうなばら》も、潜水艦も、コントロールパネルも、ガラスのドームも、ぱっと消えてしまった。ふいに、そして思いがけないことに、アマンダとラジャーは、うねうねと身をよじらせているヘビの群《む》れの上に横たわっていたのだ。だが、悲鳴をあげるよりさきに、黒髪《くろかみ》の少女がふたりの上に飛びのった。

ネコのように回転しながら落ちてきた少女は、さっとラジャーの両方の手首をつかみ、ひざで両足をベッドにおさえつける。少女は、全身びっしょりぬれていた。

アマンダはにげるまもなく、ヘビのあたたかい、動くロープに、腕《うで》も足もおなかも首もぐるぐる巻《ま》きにされてしまった。もう、身動きもできない。

「想像力を持っているのが、あんたひとりだと思ったらおおまちがいだよ、お嬢ちゃん」バンティング氏は、皮肉っぽい笑い声をもらす。「さあて、腹《はら》がへった。もう何時間も前からすきっ腹《ぱら》をかかえてるんでね。これから、お嬢《じょう》ちゃんの友だちを、その……ちょっと貸してくれんかね。そいつをここにつれてこい」

　少女はラジャーをヘビのベッドから病室のまんなかに引きずりだすと、むりやりまっすぐに立たせた。

　ラジャーは、もうどうすることもできなかった。ひどくつかれきっていた。少女の氷のような指につかまれたところから、「絶望《ぜつぼう》」の二文字がじくじくと染《し》みこんでくる。すでに、闘《たたか》う力はまったく残っていなかった。

　アマンダのほうも、最悪だった。ヘビによってベッドにしばりつけられているのだから。特にヘビがこわいというわけではなかったが、うれしいとはいえない。いっしょうけんめいに自分が自由になっている姿《すがた》を想像してみる。ラジャーが少女から解放《かいほう》されているところも。いろんなことを思いうかべてみようとするが、ちっともうまくいかない。ヘビがしめつけてきたり、もぞもぞ動きまわったりするので、気

をとられてしまうのだ。ぜんぜん集中できない。

ただじっと見ていることしかできないのだ。


「やっとつかまえたぞ」バンティング氏は、いった。「まったく、何度もにげだしおって。なかなか楽しかったけどな。わたしに挑戦《ちょうせん》していたというわけだ。なかなかよろしい。だが、ぼうず。けっきょくなんにも変わらなかったな」

バンティング氏はおしゃべりをやめると、あごの蝶番《ちょうつがい》を外した。

歯のタイルをしきつめた、あの信じられない、この世のものとは思えないトンネルが、ラジャーの頭におおいかぶさる。トンネルの行く手には、どこに通じるともわからぬ黒い目のような闇《やみ》が見えている。くさったスパイスと、熱い土ぼこりと砂《すな》のにおいがまともに顔に当たる。ラジャーはわずかに残った力をふりしぼり、片手《かたて》だけでも自由にしてトンネルから逃《のが》れようとした。

だが、世界がぐるりと回転し、バンティング氏のぱっくりひらいたのどが、今度はラジャーの顔の下にまわった。タイルを貼《は》った穴《あな》、白い井戸《いど》の向こうに真の闇が見える。ああ、落ちていく、この世から去ってしまう……そう思ったとき、ふいに聞きなれた声がバンティング氏のじゃまをした。パチパチッという音とともに明かりがついた。バンティング氏は、ガチッという音を立て、ガーンとこだまをひびかせて口をとじた。

「あのう、なにか？」アマンダのママの声だ。

コーヒーのカップの上に、ラップでつつんだケーキをのせて持っている。もう片《かた》方《ほう》の手で病室のドアをあけ、おしりでバーンとしめたときに、ママはバンティング氏に気がついたのだ。

「娘《むすめ》の病室で、なにをなさってるの？　なにかご用でしょうか？」

アマンダのママは心配しているわけではなかった。むしろ、なにかしらといぶかしく思う気持ちのほうが強かった。おそらく、単純《たんじゅん》な答えが返ってくるだろう。なにしろ、ここは病院なのだから、しょっちゅういろいろな人が病室に出入りしている。ただ、この男は、看護師《かんごし》や清掃係《せいそうがかり》には見えない。もしそうなら、それぞれのきまったユニフォームを着ているはずだ。アマンダを診察《しんさつ》してくれた医師でもない。

そのとき、この人は前に見たことがあると気がついた。でも、どこで出会ったのだろう？　この、派手《はで》なアロハシャツは？　バミューダパンツは？　はげ頭は？

そう、たしかに会ったことがある。でも、それがどこか、思い出せない。

「ああ、シャッフルアップさん。わたしは、この病院で調査《ちょうさ》をしているところでして」

「娘《むすめ》の病室で、ですか？」

「奥《おく》さんを探《さが》していたんですよ」

「前に、うちを訪《たず》ねてこられたかたですね？」とうとう、思い出した。「どうして、わたしがこの病院にいるってわかったんですの？」

「奥さん、たいした記憶力《きおくりょく》ですな」

前にこの男に会ったとき、なんだか妙《みょう》な感じがしたのを覚えている。その感じが、またよみがえってきた。

「ここから出ていってください」アマンダのママは、きっぱりといった。

「なにも心配することはありませんよ」男は、猫《ねこ》なで声《ごえ》でいう。「わたしを信用していただけませんか？」

「ママー！」くぐもった声で、やっとアマンダはさけんだ。

ママが病室にもどってきてから、アマンダはいっそうはげしくヘビと格闘《かくとう》しつづけていた。だが、一匹が顔の真上に這《は》ってきて、口をふさいでいた。そいつにかみついたり、吹《ふ》いたり、舌《した》でこちょこちょやったりしているうちに、とうとう口の上からどかすことができたのだ。

「ママー！」もう一度、くぐもった声を出す。弱々しい、ささやくような声。口の上からどいたヘビは、今度は首にきつく巻《ま》きついていた。

「ア、アマンダ」びっくりしたママは、つっかえながらいう。「目を覚ましたのね！ああ、よかった！」

ベッドにかけよると、ママは椅子《いす》にすわってアマンダのひたいをなでた。ヘビが見えていないのだ。

「おでこが、ずいぶん熱いわね。でも、とうとう目が覚めたんだ。ずっと、ずっとお祈《いの》りしてたのよ。あのとき、いっしょにいればよかったのにって、どんなにか……」

「ママ、あの人を信じちゃだめ」アマンダは、声をひそめていった。「ラジャーをつかまえてるんだから」

「ラジャー？」

「飲みこもうとしてるんだよ」

「おやおや、お嬢《じょう》ちゃん。そんなに意地の悪いことをいうもんじゃない」バンティング氏が、口をはさむ。「飲みこむなんていうのは、まちがってるよ。わたしはこの子を『借りる』だけだ。それから、この子を使う。で、ゼロにしてやるんだよ」

「いったい、なんの話をしてるの？」アマンダのママは、ふたりの顔を交互《こうご》に見ながらきいた。

「いや、なんでもない、なんでもない」バンティング氏は、しらばっくれる。声は軽《かろ》やかで明るく、目も妙《みょう》に光っていた。

「いいえ、なにかが起こってるにちがいないわ。わたし、それを知りたいの。でないと、警備《けいび》の人を呼《よ》んで――」

「ママ、この人は――」

　そこまでいったアマンダは、息をつまらせた。のどに巻《ま》きついていたヘビが、ふいに力いっぱいしめつけはじめ、アマンダを窒息《ちっそく》させようとしているのだ。でも、アマンダにはわかっていた。ママには、娘《むすめ》が息ができなくて、あえいでいるとしか見えないのだ。

「アマンダ！」大声でさけんだママは、片手《かたて》で背中《せなか》をささえて娘の身を起こし、もう片方の手でパジャマをゆるめてやった。「ああ、アマンダ！　アマンダ、だいじょうぶ？」ママは、後ろをふりかえってバンティング氏にいった。「あなた。ここにいる理由はもういいですから。早く助けを呼んできてちょうだい。いそいで。娘が窒息しそうなのがわからないの？」

「こちらのふたりは、いそがしそうだな」アマンダのママの言葉など無視《むし》して、バンティング氏はラジャーにいった。「さて、わたしたちの仕事にもどるとするか。いいな？　どこまでやったっけ？」

バンティング氏は、ぞっとするような音でガチガチ歯を鳴らしながら、ふたたびあごの蝶番《ちょうつがい》を外した。

ラジャーは、バンティング氏の口のなかを見ていなかった。アマンダと、アマンダのママを見ていたのだ。ヘビがアマンダののどをしめつけている。でも、ママにはまったく見えていない。

バンティング氏が想像したヘビが、ほんとにアマンダを傷《きず》つけるんだろうか？

じっさいに、アマンダをしめ殺したりするの？　ラジャーには、わからない。だが、ラジャーは感じていた。知っていた。もし見えていたら、ママはぜったいヘビと闘《たたか》える。ヘビを引きはがして、アマンダを救えるんだ。

たしかに今は見えていない。もう大人になって、病室の出来事が見えるだけの想像力はないが、昔はママにも見えていた。ぼくが会った、あの犬。レイゾウコの姿《すがた》が。ぼくはママの昔の「見えないお友だち」を知っている。ずっとずっと昔、ママもぼくやアマンダとおなじ世界にいたんだから。

バンティング氏の口が、ぱっくりひらく。ラジャーのまわりの世界が、ふたたびぐるりと回転する。

「アマンダ！」ラジャーは、必死にさけんだ。「アマンダ、ママにレイゾウコの話をして！　ぼくが、レイゾウコに会ったって。レイゾウコは、ママを待ってるんだって。ママがたのめば、レイゾウコはかけつけてくる。ママに、鏡のことを話して！」

「ママ」アマンダは、あえぎながらいった。

「しーっ！　しゃべっちゃだめ」

「ラジャーが」アマンダは、やっとやっと声をしぼりだす。「ラジャーが、ママに話してくれって……」

「なんのこと？」

「レイ……レイゾウコ？　あたし、わ、わかんないけど……」

「アマンダ、冷蔵庫《れいぞうこ》がどうしたの？」

アマンダはだまりこみ、はるか遠くの声に耳をすましているようだ。のどから、ヒューヒューと荒《あら》い息がもれ、ほおに涙《なみだ》がつたっている。

ママは、アマンダの手をなで、ひたいにキスした。

「イ……ヌ？」アマンダは、ささやく。息づかいがますます荒くなり、ひとことというのもやっとのようだ。「レイゾウコって……犬なの？　ラジャーが……ラジャーが、会ったって」

アマンダのママは、目を丸くして娘《むすめ》を見つめた。

「な、なんですって？」

「ラジャーが……いってる」消えいるような声で、アマンダは告げた。「レイゾウコが……待ってるって。鏡を……見てって」

レイゾウコがほんものの犬ではないとリジー・ダウンビートが悟《さと》るまで、しばらくかかった。夜、ベッドの下にいるレイゾウコとおしゃべりするようになったときも、両親が世界一の犬を見つけてきてくれたんだと思っていた。まだリジーには、それほど知恵《ちえ》がなかったのだった。けれども、ほかの人にはレイゾウコが見えず、だれもレイゾウコのことを知らず、両親が犬を買ってきたことなどないといったとき、やっとリジーにも霧《きり》が晴れるように真相が見えてきた。そのときはじめて、レイゾウコの正体を知ったというわけだ。

「見えないお友だち」。

なんて不思議な存在《そんざい》だったことだろう。

そしていま、この病院で、娘《むすめ》がふたたび目覚めるのを待ち望んで、祈《いの》って、そう、想像したすえに、とうとう娘が目を覚ましたそのとき（これは、想像ではなく、現《げん》実《じつ》のことよね？）、レイゾウコの、あのしめった毛のにおいが漂《ただよ》ってきたような気がした。

と、娘のベッドを見おろしたリジーの目に、なにかが見えた。シーツではなく、娘でもないなにかがベッドの上にある。

それがなんだか、リジーにはわからなかった。見たとたんに、また消えてしまったのだ。

そのとき、かすかな声が聞こえた。男の子が、はるかかなたからさけんでいる。「鏡だよ。鏡を見てっていってよ」

わたしにいっているの？ もやがしゃべってるみたいに、とってもかすかな、細い声だけど。リジーは、あたりを見まわした。

アマンダの服がかけてある、洋服ダンスに目が止まった。戸があいていて、等身大の鏡が見えている。

まっすぐにのぞきこむと、自分の姿《すがた》が見えた。つかれきった、何日も寝《ね》ていないような顔。そのとおり、つかれきっている。ほんの数分ベッドのそばをはなれる以外は、ずっとアマンダを見守っているのだから。そして、鏡のなかの自分のかたわらにベッドがあり、娘がもぞもぞ動く緑色のふとんをかけて横たわっている。

いや、ちがう。ふとんじゃなくって、これは……。

ベッドを見おろしたリジーは、ヘビに気づいた。どうみてもほんもののヘビが、娘に巻《ま》きつき、からだの上を縦横《じゅうおう》に這《は》って、ベッドにしっかりと娘をしばりつけているのだ。

「ヘビなんて」リジーは、つぶやいた。「なんでヘビじゃなきゃいけないのよ」

リジーは、ヘビがだいきらいだった。とぐろを巻《ま》くさまも、ほとんど力を入れずに、魔法《まほう》にあやつられているようにするすると進むさまも。身の内に持つ悪意そのものによって、前進しているような。ネコのオーブンでさえ、庭でゆっくりと這《は》う生き物に出くわすと、すぐさまにげだす。本当はヘビではなく、アシナシトカゲのときだってそうだ。

これは、どうかしている。現実《げんじつ》にはありえない、奇怪《きかい》な出来事だ。それでも、リジーはこわくもないし、あわててもいなかった。こわがるわけにはいかない。どんなにそうしたくても。

娘《むすめ》をしばりつけているのがヘビなら、ヘビがわたしの腕《うで》から娘を奪《うば》おうとしているのなら、わたしがなんとかしなきゃ。あたりまえのことだ。そのとき、ふたたびレイゾウコのにおいがした。はるかかなた、病室から遠くはなれたところから漂《ただよ》ってくるのだが、それでも、あのなつかしい、ぼさぼさのしめった毛のにおいが脳《のう》の底をくすぐり、リジーは落ち着くことができた。

まったく恐怖《きょうふ》を感じないまま、リジーはアマンダの首に巻きついているニシキヘビの太い胴体《どうたい》の下に指を入れ、慎重《しんちょう》にはがしていった。ニシキヘビの力は強いうえに抵抗《ていこう》するので、ゆっくりはがすことしかできず、ほんの少しのすきましかあかなかった。それでもアマンダは、やっと新鮮《しんせん》な空気を胸《むね》いっぱいに吸《す》うことができた。

そのとき、また男の子の声が聞こえた。ふりかえったリジーは、その子を、ラジャーを、本当にはじめて目にしたのだった。まるで前に何度も会っているように、すぐにラジャーだとわかった。じっさいは、一度も会ったことがないのに。そんな親しい友だちが、なにかと必死に闘《たたか》っている。なにかにつかまれてもがき、顔を苦痛《くつう》にゆがめている。あれは、なんだろう。黒い雲のような、形のない影《かげ》のような……。

正体はわからないが、じつにおそろしい、ヘビよりもはるかに悪意に満ちたものだ。リジーには、それがはっきりとわかった。

そのとき、男の子と目があった。リジーが自分を見ているとわかったとき、男の子の顔がいっしゅんおだやかになった。

「リジーのこと、レイゾウコは覚えてるんだ」男の子は、さけんだ。「いつも『わたしのリジー』っていってる。レイゾウコは、ずーっと待ってるんだよ」

そのとき、黒い影が男の子の後ろにまわり、男の子はよろけてアロハシャツの男の前に行ってしまった。男は、ベッドに背《せ》を向けて、かがみこんで待っている。なにか、悪いことが起こる。

つぎのしゅんかん、男の子のからだがぐーんとのびた。なんとしずく状《じょう》になって、はげた男の口に吸《す》いこまれようとしているではないか。ちょうど滝《たき》の水が、落ちるかわりに、ゆっくりと下水管に吸いあげられていくようだ。

リジーには、どうしたらいいかわからなかった。

「ママー！　ラジャーを助けてえ！」背後《はいご》で、アマンダが必死にたのんでいる。「助けてよお！」

レイゾウコは、目を覚ました。

ちょうど昼休みの時間。図書館は、どこもかしこも来館者であふれていた。だが、レイゾウコは、その人たちが立てる騒音《そうおん》のせいで目が覚めたわけではない。ぜったいに、そうではない。本を貸《か》しだす機械のビーッという音でも、自動ドアのガタガタいう音でもなかった。そういう音には、レイゾウコは慣《な》れっこになっている。まったく、ちがう音だ。

レイゾウコは、掲示板《けいじばん》を見上げた。

もう何年も、掲示板を見てきた。時には、図書館を出て冒険《ぼうけん》をしてくることもあったが、このごろは、じっと掲示板を見つめるだけだ。レイゾウコはくたびれていた。すっかり年をとっていた。からだの輪郭《りんかく》はすりきれてぼろぼろになり、全体に少しずつ薄《うす》くなって、消えかけている。

最後にひと仕事。レイゾウコは、そう自分にいいきかせていた……最後にひと仕事すれば、それでいい。

レイゾウコは、掲示板を見上げた。

そして、あるはずのない写真を見つけた。こんな写真が掲示板にあるなんて。ずっと見ていたが、こんな顔があったのは見たことがない。ぜったいに。掲示板にあらわれる写真は、なにかの理由で、またはそのほかの理由で「見えないお友だち」をほしがっている子どもたちの写真だ。そして、いま掲示板にあらわれた写真も、本当の意味では、そういう写真と違いはない。これこそ、レイゾウコがずっと待ちつづけていた写真。待ちつづけていれば、いつかきっとあらわれると知っていた写真だ。レイゾウコは、その写真をくわえて「忘《わす》れな草《ぐさ》」の青い

花を散らした壁紙《かべがみ》が貼《は》ってある廊下《ろうか》を、大きくはねながら走った。ゼイゼイ息を切らし、よたよたしながら。

アマンダはベッドの上で、半分身を起こし、半分横たわっていた。のど元をしめつけていたヘビがいなくなったので、また息はできるようになったが、手や足はやっぱりベッドにしばりつけられていた。

だがアマンダは、ヘビのことなんか気にならなかった。ラジャーとバンティング氏に目を奪《うば》われていたのだ。こんな光景は、前に見たことがない。ぱっくりひらいた口も、見えないお友だちをすすりあげるところも。あの駐車場《ちゅうしゃじょう》で、アマンダはバンティング氏に後ろから近づいてじゃまをした。あのときに、アマンダが止めさせたのは、これだったのだ。

いまのアマンダに、バンティング氏を止める力はない。

ヘビとの闘《たたか》いが、アマンダの力をすっかり奪っていた。ひどくつかれきっていて、もう少しで気を失いそうだ。今度ばかりは、どんなことを想像したらラジャーを救えるのかわからない。

「ラジャーを助けて、ママ」アマンダはあえぎながらいった。怒《いか》りに燃《も》えた目に、涙《なみだ》がこみあげてきて、ちくちくと痛《いた》い。「ラジャーを助けてよ」

ラジャーは、どんどん、どんどんのびていく。その横には黒髪《くろかみ》の少女が、じゃまにならないように一歩下がって見ている。やせた、青白い顔に、薄笑《うすわら》いが浮《う》かんでいる。

ところが、もうおしまいだとアマンダが思ったとき、バンティング氏が反《そ》りかえって、いままで以上に強い力で吸《す》いこみはじめ、ラジャーが限界《げんかい》を超《こ》えて、これ以上ないくらいにのびきり、ラジャーのちっちゃなしずくのようなものが残忍《ざんにん》なのどに落ちようとしたそのとき、あることが起こった。

アマンダのママが立ちあがってバンティング氏のところに行くと、こういったのだった。

「やめなさい。その子をはなしなさい。その子をはなせっていってるの。わたしたちといっしょにいるんだから。わたしたちの友だちなんだから。あんたにわたすことはできないの」

アマンダは、どんなにほこらしく思ったことか。やっぱりアマンダのママ、大好きなママだ。

バンティング氏のほうは、感動している様子もない。ふりかえりもせずに、大きく腕《うで》をふりまわすと、アマンダのママをおしやった。

アマンダのママはよろけて足をすべらせ、ベッドにあおむけに倒《たお》れこんだが、口のなかで悪態《あくたい》をつきながら金属《きんぞく》のベッド枠《わく》をつかみ、なんとか転ばずにすんだ。そのとき、洋服ダンスのなかから、思いもよらないものが飛びだしてきた。

大きな、黒と白の犬がどこからともなく走ってきて、しっぽをふり、口の横に舌《した》をだらりと垂《た》らしながら吠《ほ》えたのだ。

「リジー？　リジーかい？」

犬はやみくもに突進《とっしん》してくるなり、バンティング氏のお友だちの背中《せなか》にどしんとつきあたり、はねとばした。

はねとばされた少女はラジャーにぶつかり、いまにもごちそうをむさぼろうとしていたバンティング氏の口の真下からどかした。

とたんにラジャーは、のびきったゴムがもどるように、男の子の姿《すがた》にもどった。床《ゆか》を転がりながら、ほっとして、身ぶるいする。

――「リジー、きみなのかい？」レイゾウコは、吠《ほ》える。

いっぽう黒髪《くろかみ》の少女はよろめいて、いままさにラジャーがいた位置に立った。ごちそうを味わおうとしているバンティング氏は、なにも気づいていない。ずずっと息を吸《す》いこみ、獲物《えもの》をすすりあげようとしている。

――「リジー、わたしのリジー！」黒と白の犬は、アマンダのママに走りよる。

アマンダは、恐怖《きょうふ》にふるえながら見守っていた。黒髪の少女はどんどんのびて細くなり、かんだかい悲鳴のようなシーッという声をもらしている。ダウンビートおばあちゃんの家にある、やかんとおなじような悲鳴だ。ただ、少女の悲鳴は、はるかかなたから、地の果てのそのまた果てから聞こえてくるのだ。

――「ああ、リジー、ここにいたんだね！」犬はベッドの足元で鼻を鳴らし、アマンダのママの両腕《りょううで》に、頭をうずめた。

そして、黒髪の少女は、あっというまにいなくなった。跡形《あとかた》もなく、きれいさっぱり。

バンティング氏は、目をとじていた。このしゅんかんが、なによりもこたえられないのだ。見えないお友だちを飲みこみながら、その感触《かんしょく》を、香味《こうみ》を、味わいをじっくりと楽しむ。のど元を落ちていきながら、お友だちはもがく。その恐怖《きょうふ》やあわてぶりがスパイスになって、ますます味が良くなる。そして、心ゆくまで、完璧《かんぺき》に満足できるのだ。

バンティング氏は、まさに、そのしゅんかんを味わっていた。溶《と》けた宝石《ほうせき》がのどをすべりおちていくような、得《え》もいわれぬひととき。

そして、すべては終わった。

バンティング氏は、男の子を最後にひと息にすすりこんだ……だが……なにかおかしい。

男の子は、いやな味がした。くさった味がした。調理台の上に、長いこと放っておいた古い肉のような。パンケースのなかに、半年入れておいたパンのような。ほこりのような。

だって、あんなにおいしそうだったじゃないか。うまそうなにおいがしていたはずなのに……。


いきおいよくなにかがぶつかってきたので、ラジャーは床《ゆか》に放りだされ、そのまま転がり、飢《う》えたバンティング氏の口元から逃《のが》れることができた。床に横たわったままふりかえったラジャーは、息をのんで、目を丸くした。なんと黒髪《くろかみ》の少女がバンティング氏の口のなかに吸《す》いこまれていくではないか。流しの排水口《はいすいこう》に落ちていく、食器を洗《あら》ったきたない水のように渦巻《うずま》きながら吸《す》いこまれたあげく、胸《むね》の悪くなるようなスポンという音とともに、少女は消えた。

どこかで、しめった犬のにおいがする。

バンティング氏は、のど元をつかんでいた。口をとじ、口ひげも、もとの場所にもどっている。魚の骨《ほね》がのどにささったように、咳《せき》をする。目をぎょろっとむく。また、咳をする。胸を、どんどんとたたく……。

ラジャーは、バンティング氏から目がはなせなかった。恐怖《きょうふ》と、不安《ふあん》と、希望《きぼう》とで、胸が異様《いよう》にどきどきしていた。

「あー」バンティング氏は、胸に手を当てたままうめいた。「あー、あー、あー」なにか、意味のあることをいいだそうとしているように、うめきつづける。それから、なんとバンティング氏は縮《ちぢ》みはじめたのだ。

派手《はで》なアロハシャツを着て、はげ頭を輝《かがや》かせているバンティング氏の巨体《きょたい》が、縮んでいく。みるみるまに、肌《はだ》がたるんで垂《た》れさがり、しわが寄って、ぽつぽつとほくろがあらわれる。口ひげが色あせ、白髪《しらが》まじりになったと思ううちに、真っ白に変わる。背《せ》が縮《ちぢ》み、爪《つめ》はひびわれ、ひざが曲がり、かがみこむ。ゼイゼイと息が荒《あら》くなり、咳《せき》こんでいる。目の光は失せ、白くにごりはじめている。肌《はだ》は、ますます灰色《はいいろ》になって、しみが浮《う》かんでくる。すでにあばただらけになったひたいに乗せたサングラスは、クモの巣でおおわれていた。派手《はで》な模様《もよう》のアロハシャツまで、色あせてきたなくなり、ところどころに継《つ》ぎがあたって、すりきれていた。

ラジャーは、キャンプファイヤーを囲みながら聞いた話を思い出し、自分なりになにが起こったか考えてみた。バンティング氏は、自分が盗《ぬす》んできた年月、見えないお友だちをむさぼるたびに奪《うば》いとってきた時間を、自分自身の見えないお友だちを飲んだことによって、失ってしまったのだ。何世紀もの時間が、一気にバンティング氏に追いついてきた。バンティング氏は、実際の年齢《ねんれい》にふさわしく、年をとったのだった。

バンティング氏は、目をあけた。病室をぐるりと見まわした。さっき見たときより、ずっと薄暗《うすぐら》い。だんだん暗くなってきている。

自分がなにを食べたのか、もうわかっていた。だれを食べたのか、悟《さと》っていた。

咳《せき》こみ、息がつまったように、また空咳をする。

「おい、どこにいるんだ？」あえぐようにいってから、ラジャーを探《さが》してあたりを見まわす。もう一度見えないお友だちを飲みこむことができたら、もっと気分が良くなるはず。

「どこにいったんだね？」だが、あのいまいましい男の子は、どこにもいない。女の子がベッドにいるだけ、そして女の子の母親が、ベッドのわきにひざまずいているだけだ。

あいつは（ロジャーといったっけ？）、どこかに消えてしまった。


バンティング氏がまっすぐに自分を見たものだから、ラジャーは身ぶるいした。

「あー、あー、あー、あー」老人になったバンティング氏は、うめいてから目をそらした。

バンティング氏はラジャーを見ていない。もう、見ることができないのだ。

ラジャーは、心の底からほっとして、ため息をついた。

バンティング氏は、ひどく飢《う》えていた。内側がすっかり空っぽになったようで、自分自身が巨大《きょだい》な空っぽの穴《あな》になったようだ。

少女を飲みこんだことで、バンティング氏は自らを滅《ほろ》ぼした。ふたりはとてつもなく長いあいだいっしょにいたから、少女はバンティング氏の一部であり、バンティング氏も少女の一部になっていた。あの少女なしで、これから生きていくというのか？　少女なしで、生きていけるというのか？　バンティング氏には、わからない。自分が魂《たましい》を売るかわりにかわした約束も、はっきりとは覚えていない。なにもかもずっとずっと昔のことだから。

わかっているのは、自分が飢《う》えているということだけだ。

見えないお友だちが生きていくためには、ほんものの人間に自分が存在《そんざい》しているということを信じてもらわなければならない。バンティング氏は、見えないお友だちの存在を信じる子どもの想像力をむさぼることで生きてきた。普《ふ》通《つう》の人間よりはるかに長く生きてきたバンティング氏は、子どもたちの信じる力をむさぼることなしには、もう生きられないのだ。ああ、うまい紅茶《こうちゃ》を一杯《いっぱい》いただきたいなあ。アール・グレイをいれてくれたら、なおけっこう。だが、紅茶を飲んでも、からだをさっと通って抜《ぬ》けていくだけだろう。するするとのどをすべり落ちていく、新鮮《しんせん》な、見えないお友だち。それよりほかに、バンティング氏の飢えをいやすものはない。

だが、少女を飲んでしまったことは、自分の手をむさぼったのとおなじだった。ひとたび手首までむしゃむしゃとやれば、つぎは腕《うで》、つぎは肩《かた》とむさぼっていき、しまいには自分をすっかり食いつくしてしまう。そして、最後のひと飲みで、自分自身ののどを通って消えてしまう。そういう感じだ。

飢えは、痛《いた》みになってバンティング氏に襲《おそ》いかかっていた。焼けつくような痛みだ。そして、痛みといっしょに寂《さび》しさも。自分が愛したものはすべて、愛した人もすべて、知っていたこともすべて消えてしまった。バンティング氏に残されたのはあの少女だけだったのに。

だが、もう少女の名前すら思い出せない。おかしなことだ。もうなにも思い出せない。なんにも。なんにも。

14

ヘビはいなくなった。バンティング氏が縮《ちぢ》んで、黒髪《くろかみ》の少女が消えてしまうと、ヘビはたちまち煙《けむり》になった。病室のなかに、ぴりっとした、火薬のような奇妙《きみょう》なにおいが漂《ただよ》っていたが、とにもかくにも、ついにすべて終わったのだ。

「すみませーん」アマンダのママが、ドアから首を出して声をかけた。「看護師《かんごし》さん、いらっしゃいますか？」

アマンダのママは、最良の大人たちがそうするように、すべてを自分が引きうけることにしたのだ。

ベッドの足元にすわったレイゾウコは、大きな、ぬれた瞳《ひとみ》で、アマンダのママをじっと見ている。アマンダのママは、すでにラジャーを立たせて、ベッドの横の椅《い》子《す》にすわらせてやっていた。見たところでは、少女と取っ組みあいをしたり、そのほかあれやこれやされたわりには、ひどいけがをしていない。

なんとも奇妙《きみょう》な感じだった。いままでにどっさり話を聞き、いっしょの家に住んでいたのに、一度も会ったことのない男の子の腕《うで》をつかんで立たせてやるなんて。けれども、ためらうことはない（あとになれば、これまでのことをすっかり考える時間があるだろうから）。そうして、ラジャーをすぐに立たせ、ベッドのほうにつれていってやったのだった。

アマンダのそばにラジャーをすわらせてから、縮んでしまったバンティング氏に目をやった。なんとかしなければいけない。なかば耳も聞こえず、目も見えないまま、ぶつぶつとひとりごとをいっているのだから。すっかり衰《おとろ》えて、忘《わす》れっぽくなった、かわいそうなお年寄り。そして、やっと危険《きけん》ではなくなったように見えた。

看護師が入ってくると、アマンダのママはバンティング氏を指さした。

「迷子《まいご》になったんじゃないかしら。自分がどこにいるのか、わからないみたいで」

「まあまあ、かわいそうに」看護師はそういってから、バンティング氏にたずねた。

「おじいちゃん、お名前は？」声を張りあげてはいるが、やさしい口調だ。

「あー？」

「じゃあ、行きましょうね。わたしといっしょに。どこの病室から来たのか、ふたりで探《さが》しましょうか。ベッドにもどったら、お茶でもいかが？　わたしはね、ジョーンっていうんですよ。わたしの腕《うで》にもたれてちょうだい。さあ、どうぞ」

「ジョーンか」バンティング氏は、あえぐようにいって、目を輝《かがや》かせた。「そうだ……その名前だ……あー……そうだよ」

「なにがそうなの？」看護師《かんごし》はきく。

バンティング氏は、ぼうっと看護師の顔を見る。そして、また顔をくもらせる。

「あー？」

「まあまあ。忘《わす》れちゃったの？　さあ、いらっしゃい。だいじょうぶですからね。だれかがきっと、おじいちゃんを探《さが》していますよ」

看護師は、バンティング氏を病室からつれだした。バンティング氏は、もつれる足で小刻《きざ》みに歩き、看護師の腕《うで》につかまっている。

戸口から半分出たところで、看護師はアマンダのママのほうにふりかえった。

「すみませんでしたねえ。かわいそうなおじいちゃん。迷子《まいご》になるお年寄りが、よくいるんですよ。まちがったところを曲がってしまうと、どこの廊下《ろうか》もおなじように見えますからね。ご迷惑《めいわく》、おかけしなかったですか？　おふたりとも、ほんとにだいじょうぶ？」

アマンダのママは、病室を見まわしてにっこりと笑った。

「ええ。わたしたちみーんな、だいじょうぶですよ。来てくださって、ありがとう」

一週間たち、アマンダは退院《たいいん》できるぐらいに元気になった。

家にもどる車で、アマンダはラジャーと並《なら》んで後部座席《こうぶざせき》にすわった。

「ちょっと、リジー」レイゾウコが、アマンダのママにいった。レイゾウコの声は、おおかた風に乗って窓《まど》から出ていってしまう。「いつ、車の運転を習ったんだね？」

「レイゾウコ、頭を窓から引っこめなさい」アマンダのママが、笑いだした。

「どうしてその犬が、前にすわるわけ？」アマンダが、ほんの少しむっとしながらきいた。

「腕《うで》を折ったのは、あたしなんだよ。特別扱《あつか》いされてもいいんじゃないの？」

「アマンダ」アマンダのママは、顔だけ後ろに向けていった。「レイゾウコは、車に乗ったことがないのよ。わたしが小さかったころ、レイゾウコは図体《ずうたい》は大きいけど、弱虫犬だったの。ほとんどいつも、ベッドの下にいてね。エンジンの音がきらいだった

の」

「そうじゃない」と、レイゾウコがいった。「車《くるま》酔《よ》いしやすいだけだったんだよ」

「わっ、たいへん」と、ラジャー。

「いまは、だいじょうぶだって」レイゾウコは、吠《ほ》えた。「もう、リジーもすっかり大人になったからな」

「ねえ、おぼえてる？」リジーがいう。「ほら、夏休みに旅行に行ったときのこと。海辺のライム・リージスって町に、行ったわよね。ふたりで化石《かせき》を探《さが》しにいって、ホテルのシェフが調理場から『紛失《ふんしつ》した』骨《ほね》を見つけたじゃない？　あなたは、これは恐竜《きょうりゅう》の骨だって教えてくれた。それからたったの三日後に、お母さんが変なにおいがするってベッドの下をのぞいて、そのときにわたしはやっとその骨の正体が……」

「ちょっと待って」アマンダが人さし指をふりながら、横からいった（ずっと、考えていたのだ）。「レイゾウコは、車に乗らなかったのに、どうして夏休みの旅行にいっしょに行ったの？」

「ライム・リージスで、みんなに会ったんだよ」と、レイゾウコが答えた。「そのほうが、ずっとかんたんだからな」

「ぼく、恐竜に会ったよ」ラジャーが、なにげなくいいだした。「ティラノサウルス・レックスで、小雪《こゆき》ちゃんっていう名前なんだ」

「おー」と、レイゾウコが吠えた。「わたしも。わたしも会ったことあるよ」


大人たちは、なにもかも見えるようにはできていない。そして、仮《かり》に見えることがあったとしても、いつも見えるとはかぎらないし、永遠に見えるわけでもない。二、三週間たつうちに、アマンダのママには、朝食の席にいるラジャーが見えなくなった。

「アマンダ、ラジャーは下りてきたの？」

「ほら、そこにいるじゃない、ママ」

「あら」アマンダのママは、はずかしくなった。「ごめんなさいね、ラジャー」ラジャーのいない空間に向かって、あやまっている。

裏口《うらぐち》のドアの前でうとうとしていたレイゾウコが、ママを見上げていった。

「リジーや、心配しなくてもいいんだよ。ラジャーは、アマンダの友だちなんだから。だからリジーには、その子が見えなくてもいいんだ。ほら、わたしはちゃんとここにいるよ」レイゾウコは、しっぽをふった。

「でも、あなたもちょっと姿《すがた》が薄《うす》くなったみたいよ」

「わたしは、すこしばかりくたびれているだけさ」


学校は、もうはじまっていた。アマンダは最初の一週間かそこらは学校を休んだが、やっと自分でも学校に行ってもいいと思うくらいに回復《かいふく》した。

アマンダとママは、校門のところでジュリア・ラディックと、ジュリアの母親にばったり出会った。

女の子ふたりは、おぎょうぎよく笑顔《えがお》をかわしてから、そろって学校に入っていった。

「シャッフルアップさん。アマンダには、まだ見えないお友だちがいるのかしら?」

「えっ、ラジャーのこと?」アマンダのママは、ジュリアの母親にきき返した。

「ええ、そうよ」

「どうしてラジャーのことを、ご存《ぞん》じなの？」アマンダのママはきいた。ラジャーがラディック家での冒険話《ぼうけんばなし》をすっかり話してくれたということは、いうつもりはなかった。

「うちのジュリアが、話してくれたんですよ」ジュリアの母親は声をひそめ、だれかに聞かれてやしないかとあたりをうかがってから、話をつづけた。「夏休みのあいだに、あの子が変になってしまって。自分にも見えないお友だちがいるなんて、思いこんでしまったの」

「まあ、それはすてきだこと」アマンダのママは、レイゾウコの頭をなでながらつづけた。

「わたしね、思うんですけど――」

「ほんと、おそろしいことだわ」ジュリアの母親には、相手の言葉が耳に入らないらしい。

「わたし、すっごく心配になって。あの子ったら、変なことばっかりするんですもの。どう見ても普通《ふつう》じゃなかったわ。で、病院につれていって、ピーターソン先生にみていただいたんですよ。専門家《せんもんか》ですからね、児童精神科《せいしんか》の」最後のところは、はずかしい言葉でも口にしたように、なかば口ごもった。「あの先生は、おすすめできますよ」

「ジュリアを精神科につれてったんですって？」アマンダのママは、大きな声でいった。

「そうよ」ジュリアの母親は、後ろめたそうにあたりを見まわす。「そしたらね、すばらしいのなんのって。診察室《しんさつしつ》に入ったとたんに、ジュリアは治ってしまったの。その日から今にいたるまで、幻覚《げんかく》を見ることはいっさいなくなったんですよ。すっかり治ったの」

「なんておそろしい」

「よろしかったら、先生の電話番号を教えてさしあげましょうか？」

「けっこうよ。うちのアマンダは、どこも悪くありませんから」

「はあ？」


「それで、ジュリアはぼくのことをきいてた？」その晩《ばん》、ラジャーはたずねた。

「ううん。ぜーんぜん」アマンダは、答えた。

子ども部屋は、暗かった。アマンダはベッドに入り、ラジャーは洋服ダンスのなかにいる。なにもかも、もとのままだ。

「きみのほうから、きいてみたの？」

「ベロニカのことを？」

「うん」

「あのね、なんどか名前をいってみたの。うっかりいったみたいにね。『鉛筆削《えんぴつけず》り貸《か》してくれない、ベロニカ』とか、『お昼のお弁当《べんとう》を食べるとき、横にすわってもいい、ベロニカ』とか、そんなふうに」

「で、ジュリアはなんていったの？」

「『あたしの名前はベロニカじゃない』それから『ほっといてよ。あんたって、ほんとに変な子なんだから』とか。そういうことだよ」

「かわいそうに、アマンダ」

「バカなこといわないでよ。あたしは、気にしてないんだから。すっごく、おもしろいじゃない。ジュリアって変な子だけど、あたしは好きだよ。あしたは、もうそんなことしないって、あんたに約束する」アマンダはちょっと考えてからつづけた。

「もしかしたら、あさってかも」

つぎの朝、ラジャーは表に面した部屋で、レイゾウコといっしょに窓《まど》から外を見ていた。ネコを見ていたのだ。

ときどき、ママの飼《か》っている雌《めす》ネコのオーブンは、ラジャーが見えているようなそぶりをした（本当のところは、だれにもわからない）。でも、レイゾウコの姿《すがた》が見えていないという点では、みんなの意見は一致《いっち》していた。ネコが寝《ね》ているところにレイゾウコがごろっと横になり、そのまま少しずつおしていってソファから、ときには階段《かいだん》からおしだしても、オーブンはいかにもネコっぽいしぐさであくびをして、のびをして、耳をなめてから、どこかほかの寝場所《ねばしょ》を探《さが》そうとのんびり歩いていってしまったから。

「あれは、オーブンじゃないよ！」ふいに、ラジャーがいった。

「ああ、オーブンじゃないな」

表の芝生《しばふ》にすわって、足をなめているそのネコは、ぜったいにオーブンではなかった。あのギザギザな輪郭《りんかく》、ちぎれた耳、左右で色のちがう目、曲がったしっぽに、ラジャーは見覚えがあった。

「あれは、ジンザンだ」

　ラジャーは玄関《げんかん》へ走っていき、ドアを引いてあけた。

「やあ、ジンザン」

「おお、ラジャーか」ジンザンはゆっくりとラジャーのわきを通って、家に入った。

　レイゾウコは、玄関にいた。物《もの》陰《かげ》にひそんでいたのだ。

「いやだ」レイゾウコは、くぐもった声で吠《ほ》えた。

　ジンザンは、階段のいちばん下の段に飛びのり、耳をかいている。

　ゆっくりとまばたきをした。なにもいわない。

レイゾウコは、さらに縮《ちぢ》こまって、ますます陰《かげ》の奥《おく》に入った。

「今度ばかりは、だめだよ」と、レイゾウコはいう。「もう、わたしはもどらない」

ジンザンは、なにもいわない。

二階で、チリチリと鈴《すず》の音がした。

オーブンが、階段の上にあらわれた。足を止める。ジンザンを見る。しっぽを巻《ま》いて、だれかの寝室《しんしつ》へかくれようと走っていく。

ジンザンは、ネコそのものの声で笑った。

「わたしといっしょに行きたくないのか？」

「ああ」と、レイゾウコ。

「それがどういうことか、わかっているんだな」

レイゾウコは、うなずいた。

「なんのことといってるの？」ラジャーはいったが、もうわかっている気がしていた。

だが、いっぽうでわかっていないといいとも思っていた。

「レイゾウコ？」アマンダのママが、キッチンから呼《よ》んだ。

「なにか、におわない？」

「リジー？」

「あら、ここにいたのね」アマンダのママは玄関《げんかん》に来て、レイゾウコのもしゃもしゃの毛をなでる。「どっかから、妙《みょう》なにおいがするのよ。レイゾウコは――」

そして、階段《かいだん》のいちばん下の段にいる、見たことのないネコを見つけた。

そのネコは、アマンダのママに、まばたきをしてみせた。ゆっくりと。

「あんた、どうやってうちに入ったの？」そういってから、アマンダのママは二階に声をかけた。「オーブン！　だれかが、あんたの領分《りょうぶん》に入ってきたわよ」

それからまた、ジンザンにいう。「しーっ、出ていきなさいったら。ほんとに、ひどいにおいのネコ――」

「いいんだよ、リジー」レイゾウコが、いった。「そのネコは、わたしといっしょにいたんだ」

「ってことは、つまり、このネコも……？」

「いいや。それは、ただのネコだよ。わたしの知りあいのネコだ。すぐにいなくなるさ」

アマンダは学校から帰ってくると、走って家のなかに入った。

ラジャーが、なにが起こったか話してくれた。

レイゾウコが、いってしまったのだ。

もう年をとっていたからねと、ラジャーは説明した。昼ごはんのあと、レイゾウコは庭の端《はし》まで歩いていき、風に乗って舞《ま》っていった。

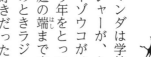

そのときラジャーは、レイゾウコといっしょにすわっていた。レイゾウコのことが、好きだったから。でも、あれから二、三時間しかたっていないのに、レイゾウコがどんな犬だったか、はっきり思い出せないのだ。少しずつ忘《わす》れていっている。そう、あのときにも忘れてしまったっけ……。ああ、だれかのことを忘れてしまったのに思い出せない。あれは、いったいだれだったろう？

レイゾウコが風に吹《ふ》かれていってしまってから、ラジャーは家にもどって、あちこちに飾《かざ》ってある写真をながめた。どの写真のなかにもラジャーはいない。だが、アマンダの部屋にかけてあるコルクボードに一枚《まい》画びょうでとめてあった。写真ではなく、アマンダがフェルトペンで描《か》いた絵のなかにラジャーがいるのだ。これだって数のうちだよと、アマンダはいった。

ある人たちは、写真のなかにだけいる。写真と、わたしたちの記憶《きおく》のなかに。けれども想像の力で生まれたものは、すぐにつるっとにげていく。ラジャーは、身にしみてわかっていた。想像の世界のものを、しっかりと記憶にとどめておくことはむずかしい。ほんものの人たちは、この世を去ったほんものの人たちを思い出すだけで、せいいっぱいなのだ。

ラジャーは、アマンダが自分の「写真」を持っていることがうれしかった。写真のようなものを作ってくれたことが。それは、ラジャーにかんする消えないなにかを持っていてくれるということだから。

いまは、ありえないと思っているけれど、いつかアマンダがラジャーのことを忘れてしまう日がくるかもしれない。それは時がたてば起きることで、だれのせいでもなく、本当に自然なことだ。けれども、何年もたってアマンダが大人になったとき、引き出しの奥《おく》か、本のページにはさんであるラジャーの「写真」を見て、なにか不思議な感じをおぼえるかもしれない。胸《むね》のうちにラジャーのなにかがよみがえってくるかもしれない。あるいはぐいぐいと余計《よけい》な力を入れて書いた字（それとも、自分の変てこな髪《かみ》）を見て、首を横にふって笑いだすだけかもしれないが、どちらにしても……そう、どちらにしてもラジャーは満足だった。


「ママ、悲しいでしょ」その日の午後、アマンダはいった。

「えっ、なんのこと？」

「レイゾウコのことよ」

「冷蔵庫《れいぞうこ》が、どうかした？」

「ううん。ていうか……」アマンダは、そこでやめておいた。大人たちは、なにもかも見えるようにはできていないのだ。だれかが、そう教えてくれたっけ。ときどき大人たちは、いろんなことを、いともかんたんに忘《わす》れてしまう。アマンダは、ラジャーの顔を見た。

「あたし、ぜったいにあんたのことを忘れないからね」アマンダは、本気だった。

「なにをいってるの？」ママがきく。

「ラジャーに話してたの」

「ああ、ラジャーね。あの子、まだいるの？」

「おいで」アマンダはいうと、ラジャーとふたりして、裏口《うらぐち》から庭に出た。

「二十分たったら、晩《ばん》ごはんよ」ママが、呼《よ》びかける。

ふたりは、日光をいっぱいに浴《あ》びて、はだしで芝生《しばふ》の上を走る。

サンザシの茂《しげ》みの下の穴《あな》にもぐりこんだのは、ラジャーのほうが先だった。

「この穴、なんなの？」ラジャーは、目を輝《かがや》かせてきく。「今日は、なんになるの？」

「わかんないのかなあ？」アマンダは、ラジャーの横にもぞもぞともぐりこんでから、手をのばして、スイッチの明かりをいくつかつけた。ジーッと音がしてから照明が灯《とも》り、エンジンがうなりだす。

「いい、ラジャー。この穴はね、なんにでもなるの。なってほしいなあって思うものにね」

はいるな!

訳者あとがき

ラジャーとアマンダは、大の親友。友だちになってからずっとラジャーはアマンダの家で暮《く》らし、夏休みのあいだ庭で宇宙船《うちゅうせん》に乗ったり、南米のジャングルに行ったり、それは楽しい遊びに夢中になっています。そんなラジャーの姿《すがた》は、アマンダにしか見えません。なぜなら、アマンダの想像力から生まれた、見えないお友だちだったからです。ところが、ある日の午後、アマンダの家を派手《はで》なアロハシャツを着た男、バンティング氏が訪《おとず》れたときから、楽しい毎日が一変して、恐《おそ》ろしい出来事がふたりに襲《おそ》いかかります……。

面白くて恐ろしくて、美しくて儚《はかな》くて、楽しくて悲しくて、奇想天外《きそうてんがい》でいて、思わずうんうんとうなずいてしまう……ひとつやふたつの形容詞《けいようし》ではなかなか表すことのできない物語です。年若《としわか》い読者のみなさんは、バンティング氏とラジャーのスリル満点の追いかけっこにはらはらすることでしょうし、大人の読者は、アマンダのママが自分の見えないお友だちだった老犬とめぐりあう場面に胸《むね》がいっぱいになるのではないでしょうか。記憶《きおく》、思い出、想像力、忘却《ぼうきゃく》、生と死、そして作者も語っ

ている愛と友情《ゆうじょう》と喪失《そうしつ》など、抽象的《ちゅうしょうてき》な言葉では数文字で終わってしまうものを丹念《たんねん》に紡《つむ》いで、見事な物語に織《お》りあげた作品だと思います。英国の詩人、ワーズワースが書いた「虹《にじ》を見ると、心が躍《おど》る、幼《おさな》いころもそうだった」という、有名な詩があります。最後のほうに「子どもは大人の父である」というくだりがあるのですが、子どものころのわたしは、ここだけはなんだか理屈《りくつ》っぽくて、あまり好きではありませんでした。でも、この物語を読んだあと、ふっとこの詩句《しく》が蘇《よみがえ》ってきて、なるほどと深く感じいってしまいました。

作者のA・F・ハロルドさんは英国の詩人で、これまで“I Eat Squirrels”（ぼくはリスを食べる）という詩集や、“Fizzlebert Stump”（フィズルバート・スタンプ）という男の子を主人公にした物語のシリーズが出版《しゅっぱん》されていますが、日本で紹介《しょうかい》されるのは本作が初めてです。この本を書いてから、ハロルドさんは「あなたも、子どものころ見えないお友だちがいましたか？」とよくきかれるそうです。そういう記憶がないので、いつも「いいえ」と答えていたそうですが、ある日お兄さんから「おまえには、たしかにいたよ」といわれたとか。でも、「自分は孤児《こじ》で、いつか宇宙船《うちゅうせん》で本当の両親が迎《むか》えにくる」と「親にとっては、あまり気分が良くない」空想をしていた記憶はあったそうです。ちょうど、この物語の最終章を書いているころ、お母さんが死の床《とこ》に伏《ふ》してしまい「今度こそ本当に親を失い孤児になる」と思ったとき、ふいに失うこと、忘《わす》れること、思い出すことを書いた本書の冒頭《ぼうとう》に、クリスティーナ・ロセッティの詩を置こうと思ったとのこと。この詩は、お父さんの葬式《そうしき》の際にお母さんにいわれてハロルドさんが読み、後に亡《な》くなったお母さんの葬式のときにも朗読《ろうどく》したということです。

この物語をいっそう素晴らしいものにしているのが、エミリー・グラヴェットさんのイラストです。グラヴェットさんは、ケイト・グリーナウェイ賞を二度も受賞した気鋭《きえい》の画家で、日本でも絵本が既《すで》に何冊《なんさつ》も翻訳出版《ほんやくしゅっぱん》されています。当初は、各章の冒頭《ぼうとう》のイラストだけを描《か》く予定だったそうですが、エミリーさんが試しに描いてきたイラストを見て、「それだけではもったいない」ということになったとか。グラヴェットさんの数々の絵のおかげで、いつまでも記憶《きおく》に残る、目を見張るような美しい本になったと作者のハロルドさんもいっています。見えないお友だちのいる方も、いない方も、また昔たしかにいた覚えのある方も、物語と絵の両方をぜひ楽しんでいただきたいと思っています。

こだまともこ

A.F.ハロルド＝作

A.F.Harrold

イギリスの作家・詩人。本書は初の邦訳作品となり、原作の“The Imaginary”はイギリス文学協会賞受賞のほか、ケイト・グリーナウェイ賞などにノミネートされた。

エミリー・グラヴェット＝絵

Emily Gravett

イギリスを代表する絵本作家。「オオカミ」（小峰書店）や“Little Mouse's Big Book of Fears”でケイト・グリーナウェイ賞受賞。独創性のある作風で知られる。挿絵を手がけるのは今回が初。

こだまともこ＝訳

出版社に勤務の後、児童文学の翻訳家になる。訳書は『レモネードをつくろう』（徳間書店）『ビーバー族のしるし』（あすなろ書房）『スモーキー山脈からの手紙』（評論社）など多数。

ぼくが消えないうちに

作　A.F.ハロルド　絵　エミリー・グラヴェット　訳　こだまともこ

2023年11月5日　第1刷発行

発行者　千葉 均
発行所　株式会社ポプラ社
　　　　〒102-8519　東京都千代田区麹町4-2-6
　　　　ホームページ　www.poplar.co.jp
フォーマットデザイン　bookwall
組版・校正　株式会社鷗来堂
印刷・製本　中央精版印刷株式会社

Printed in Japan
N.D.C.933/327p/15cm　ISBN978-4-591-17401-2

P8102026